（……視える）
「なんなんだ、テメェわよォ……!?」

第一章｜史上最悪の魔眼 6
第二章｜魔術師エレンの新たな人生 35
第三章｜入学試験 60
第四章｜王立第三魔術学園 79
第五章｜決闘 97
第六章｜呪蛇の刻印 122
第七章｜魔眼と聖眼 159
第八章｜共同生活 194
第九章｜強化合宿 216
第十章｜仮面の魔術師 240
第十一章｜『鉄壁』ダール・オーガスト 258
第十二章｜千年前の王 285
第十三章｜地《ち》の獄 294
番外編｜魔術師エレンの学生生活 298
あとがき 324

contents

薄幸少年の幸せな魔術革命

破滅の魔眼を覚醒し、世界最強になりました

月島秀一

Tsukishima Shuichi
ill.daburyu

イラスト／だぶ竜

PASH!ブックス
主婦と生活社

第一章 ………… 史上最悪の魔眼

エレン・フィールは、『魔王の寵愛《ちょうあい》』と呼ばれる呪いを受け、『史上最悪の魔眼』を持って生まれた。

エレンが初めてその魔眼を発現させたのは、彼がまだ五歳の頃だ。

生家《せいか》の近くにある森で、弟と妹と一緒に遊んでいたとき、突如出現した巨大な魔獣に襲われてしまい……。

長兄であるエレンは、幼い二人を守ろうと必死にもがいた末、魔眼を覚醒《かくせい》。わけもわからずに行使した魔術は、襲い掛かる魔獣だけでなく、森を丸ごと殺してしまった。

その日の深夜遅く、エレンの両親は屋敷の居間で激しい口論を交わす。

「あんな恐ろしい子ども、今すぐ殺してしまいましょう！」

「まぁ落ち着け。アレは、魔王の寵愛を受けているんだぞ？　そんなことをすれば、どんな災いがあるかわかったものじゃない……」

「それなら魔術教会に連絡して、引き取ってもらうのはどうかしら!?」

「馬鹿を言うな。史上最悪の魔眼を持った忌子《いみご》が、うちから生まれたなどと世間様に知られれば……これまで築き上げてきたフィール家の栄誉が、地の底に落ちてしまうじゃないか」

「だったら、どうすればいいのよ……ッ」

「それはお前……うちで面倒を見るしかないだろう。幸いにも、魔眼持ちの寿命は短い。死ぬまで物置小屋に閉じ込め、あの子の存在をなかったことにしよう」

ヒステリックに泣き叫ぶ母とそれを静かに宥《なだ》める父。

幼いエレンは、そんな二人を見て理解した。

自分はいらない人間なのだ、と。

その後、エレンは魔術から遠ざけられ、魔眼を表に出すことを固く禁じられた。

そして「弟と妹に悪影響があってはいけないから」と、狭く暗い物置小屋に押し込まれてしまう。

食事と呼べるものは朝に一度のみ、それも乾いたパンとコップ一杯の水だけだ。

孤独で退屈な毎日を送る中、

「……綺麗《きれい》な鳥だなぁ」

小屋にある十センチ四方の小さな覗《のぞ》き窓、そこから見えるほんの僅《わず》かな外の世界が、エレンに許された唯一の楽しみだった。

それから十年、人並みの愛情も注がれず、最低限の教育も受けられず、飼い殺しにされた彼は——只々《ただただ》無気力。生きる目的のない、人形のような少年に育った。

「…………」

かつての綺麗な白髪からは艶《つや》と光沢が失われ、漆黒《しっこく》の瞳は昏《くら》く淀《よど》んでいる。

このまま緩やかに死んでいくと思われたエレンだが……ある日、彼にとって転機となる出来事が起こった。

それはシンシンと雪の降る、月の綺麗な夜のこと——。

とある高名な魔術師の男が、フィール家の屋敷に招かれた。

彼の名はヘルメス、超名門魔術師家系の十八代目当主であり、五爵《ごしゃく》の最高位『公爵』の地位をいただく大貴族だ。

長く艶やかな緑色の髪、身長はおよそ百九十センチ、外見年齢は三十代前半であろうか。切れ長の眼《め》・高く通った鼻・柔らかい口元。その整った顔立ちは、白塗りのクラウンメイクの上からでも、気品のある凜々《りり》しさを感じさせる。

黒い豪奢《ごうしゃ》なローブを纏《まと》った彼が、送迎の馬車からゆっくり降りると——エレンの両親が大慌てでそこへ駆けつけた。

「ヘルメス卿《きょう》、ようこそおいでくださいました！」

「本来ならば、こちらからお伺いすべきところなのに……大変申し訳ございません」

「いえいえ、お気になさらずに。名門フィール家の御子息・御令嬢に、魔術を教えられるまたとない機会。一人の教育者として、とても光栄に思っております」

ヘルメスはそう言って、柔和《にゅうわ》な笑みを浮かべる。

彼は今日、エレンの弟と妹に魔術の講義を施《ほどこ》すため、遠路はるばる足を運んで来たのだ。

「ヘルメス卿、ここにいては雪で濡《ぬ》れてしまいます。どうぞ、中へお入りください！」

「ささっ、こちらへ！」

「ありがとうございます」

感謝の言葉を述べたヘルメスは、屋敷に踏み入る直前——エレンの住む物置小屋に目を向ける。

覗き窓越しにぶつかる視線と視線。

両者の距離は十メートル以上も離れており、物置小屋の窓のサイズは僅か十センチ四方。

さらに付け加えるならば、既に陽が落ちて久しく、周囲は夜闇に包まれている。

常識的に考えれば、互いが互いを認識している可能性はゼロに等しいのだが……。

ヘルメスは柔らかく微笑《ほほえ》み、空中に聖文字《せいもじ》を記した。

夜闇にポゥッと浮かび上がったそれは、時間にしてコンマ数秒で消えてしまう。

しかし、

(『一時間後、こっそり屋上においで』……？)

史上最悪の魔眼は、秘密のメッセージをしっかりと捉《とら》えていた。

(……そんなこと言われても、俺はここから出られないんだ)

エレンの眼前に聳《そび》え立つのは、厳重に施錠《せじょう》された鉄壁《てっぺき》の扉。

外界への道を閉ざす、唯一にして絶対の壁だ。

「…………はぁ」

彼は深いため息を零《こぼ》し、額をゴツンと扉にぶつけた。

すると次の瞬間、

「……え？」

扉はゆっくりと奥へ倒れていき、視界一面に外の世界が広がる。

「ど、どうして……？」

エレンが恐る恐る物置小屋から出ると――いったいどういうわけか、全ての鍵が破壊されていた。

（もしかして、さっきの人が……？）

どれだけ考えても、これという答えは出ない。

（……行ってみよう）

一時間後、屋敷の屋上に足を運ぶとそこには、先ほどの男が――ヘルメスが立っていた。

「やぁ、いらっしゃい。やっぱり君、ボクの魔術が見えているんだね」

「魔術って、あの光る文字のことですか？」

「そうそう。さっきのは、隠匿《いんとく》術式を施した聖文字。あの一瞬であれを判読できるのは、聖文字に特化した専門家か、とびきり探知力に優れた術師か、それとも……魔王の寵愛を受けた魔眼の持ち主とか？」

全てを見透かしたような言葉と視線。

エレンはコクリと頷《うなず》き、自身の左目に魔力を集中させた。

すると——深い漆黒の瞳に、煌々《こうこう》とした緋色《ひいろ》が灯《とも》る。

「……素晴らしい」

ヘルメスの口から零れたのは、万感の思いの込められた呟き。

「曇りのない漆黒に緋色の輪廻《りんね》……。嗚呼《ああ》、これまでいろいろな魔眼を見てきたけど、こんなに美しい瞳を見たのは初めてだ」

「あ、あの……この魔眼のこと、本当に御存知ですか？」

左の眼窩《がんか》に収まるこの忌物《いぶつ》は、史上最悪の魔眼と呼ばれ、決して褒められるような代物ではない。

「あぁ、もちろん知っているとも。世界で最も忌み嫌われている眼だね」

男は平然とそう答えた後、スッと右手を差し出す。

「——ねぇ、うちに来ないかい？」

「え？」

「ボクはこう見えて、慈善家というやつでね。ちょっと訳ありの子を育てたり、魔術の素養のある子を導いたり、恵まれない子を集めたり、他にも野生動物の保護・自然環境の保全・魔術教育の普及などなど、いろいろな社会貢献活動をしているんだ。もしも君さえよければ、うちで一緒に暮らさないかい？」

ヘルメスからの提案は、非常に魅力的なものだった。

「……ありがとうございます。ただ、父さんと母さんが許してくれないと思うので……」

エレンの両親は、彼を外に出すことを嫌っている。

ヘルメスのもとで暮らしますと言ったところで、「はい、そうですか」と返ってくるわけがない。

それに何より、お腹を痛めて生んでくれた恩、ここまで丈夫に育ててくれた恩――両親への大恩を返さぬまま、別の人のもとへ行くのは、とても不義理なことに思えたのだ。

たとえ今は酷《ひど》い扱いを受けていたとしても、いつかきっと昔のように、優しかった父と母に戻ってくれるはず。

純粋なエレンが、そんなことを考えていると、

「あぁ、それについては問題ないよ。二人の許可は、もう取ってあるからね」

ヘルメスはそう言って、懐《ふところ》から一枚の羊皮紙を取り出した。

「これはボクと君の両親が交わした魂の誓約書。ここに記された誓いを破れば、契約神ラクトゥスによって魂を破壊されてしまう。まぁ簡単に言えば、絶対に破れない約束だね。内容は……見てもらったほうが早いかな」

エレンは魂の誓約書を受け取り、その内容に目を通していく。

そこに記されていたのは、フィール家が長子エレン・フィールの親権を、ヘルメスへ無償譲渡するというものだった。

「……………そっか、そうだったんだ」

両親はもう、エレンのことを子どもだとは思っていなかった。

もちろん、彼とて馬鹿ではない。

そんなことは、とっくの昔にわかっていた。

だけど、理解したくなかった。

心のどこかで、父と母のことを信じていた。

しかしそれは、ただの幻想に過ぎなかった。

「っとまぁこういうわけで、エレンを縛るものは何もない。そこでさっきの質問に戻るわけだけど……。もしも君さえよければ、うちで一緒に暮らさないかい？」

「……はい、よろしくお願いします」

孤独な物置小屋から出られる喜び。

実の両親に捨てられたという悲しみ。

その二つがせめぎ合い、幼いエレンの心はぐちゃぐちゃだった。

豪奢な馬車に揺られることしばし、まるで城のように巨大な屋敷に到着した。

「さっ、こっちだよ。足元に気を付けてね」

ヘルメスに手を引かれながら、エレンはゆっくりと馬車を降りる。

手入れの行き届いた庭を抜け、黒塗りの大きな扉を開けると――玄関口に整列した使用人たちが、一斉に腰を折って頭を下げた。

「「――おかえりなさいませ、ヘルメス様」」

「うん、ただいま」

ぱたぱたと手を振り、使用人たちの挨拶《あいさつ》に応えるヘルメス。

とびきり上機嫌な彼は、鼻歌交じりにエレンの手を引いてホールの中央へ移動し――バッと大きく両腕を広げた。

「みんな、聞いておくれ！　今日はとても素晴らしい一日だよ！　なんとうちに、新しい家族を迎えることになったんだ！　この子の名前は、エレン・ヘルメス！　魔王の寵愛を授かり、史上最悪の魔眼を宿した少年だ！」

「え、えっと……よろしく、お願いします」

いきなり自身の秘密を暴露されたうえ、大勢の注目を浴びたエレンは、わけもわからないままにペコリと頭を下げる。

一方、強烈な自己紹介を受けた使用人たちは、

「「「……っ」」」

まるで雷に打たれたかのように固まっていた。

(……やっぱり、これが普通だよな)

魔眼は嫌悪《けんお》の対象であり、決して受容されるものではない。

使用人のこの反応こそ正しく、ヘルメスが異常なのだ。

エレンが深く気落ちする中、黒髪の使用人が恐る恐る口を開く。

「あ、あの……ヘルメス様？　私の聞き間違いでなければ、今エレン・ヘルメスと仰《おっしゃ》いませんでしたか？」

「あぁ、何度でも言おう。この子は、エレン・ヘルメス。ボクらの新しい家族だ！」

刹那《せつな》の沈黙の後、歓喜の大爆発が巻き起こる。

「いやったー！　ヘルメス様、ついにお世継ぎを見つけられたんっすね！」

「こうしてはいられません。すぐに歓待《かんたい》の準備を……！」

「ま、まさかこんな日が来るなんて……本当におめでたいですね……！」

使用人たちが狂喜乱舞《きょうきらんぶ》する一方、

「……え？」

事情を知らないエレンは、ただただ呆然《ぼうぜん》としていた。

「ふふっ、驚いたかい？　ここにいるみんなは、エレンと同じようにいろいろと訳ありでね。彼女たちにとっては、史上最悪の魔眼も『個性』の一つなんだよ」

ヘルメスは優しく微笑み、大騒ぎする使用人たちへ目を向ける。

「はいはい、みんなストップストップ。嬉しい気持ちはわかるけど、ちょっと落ち着いておくれ。ここにいるエレンは、魔眼持ちということもあって、これまでいろいろと苦労してきたんだ。今日はとても疲れているだろうから、歓迎会はまた別の日にしよう」

「「承知しました」」

使用人たちの切り替えは素早く、一瞬で仕事モードの顔となる。

「それじゃ、当面のエレンのお世話は……リン、お願いできるかな？」

「もちろんでございます」

ヘルメスの視線を受けた使用人――リンという名の黒髪の美少女は、恭《うやうや》しく頭を下げる。

「ボクは残った仕事を終わらせてくるから、その間にエレンの身だしなみを整えてあげて」

「かしこまりました」

「ありがとう。――それじゃエレン、また後でね」

ヘルメスは器用に片目でウインクをし、軽やかな足取りで階段を登っていった。

「――エレン様、まずは大浴場へ御案内いたします。どうぞこちらへ」

「えっ、あ、はい」

リンの案内を受けて大浴場へ移動したエレンは、頭と体を綺麗に洗い、温かいお湯で筋肉をほぐす。

ほどほどに時間が経過したところで脱衣所に戻ると、自分の脱いだボロボロの服がなくなっており、その代わりに男ものの衣服が置かれてあった。

（……これを着ろってことなのかな？）

湯冷《ゆざ》めしてはいけないので、体の水気をサッとタオルで拭き取り、用意された服に袖を通す。

そうして脱衣所から出るとそこには、エレンを待つリンの姿があった。

「さっぱりとなさいましたね。それでは、こちらへどうぞ」

次に案内されたのは、大きな姿見《すがたみ》の置かれた一室だ。

「髪の毛が少々傷んでおられるようなので、散髪をさせていただければと思います。エレン様、お好みのスタイルや長さなどはございますか？」

「いいえ、特にありません。だいたいでけっこうです」

「かしこまりました。それでは、絶対に動かないでくださいね？」

「……？　はい、わかりました」

エレンが頷くと同時、リンはメイド服の下に収めていた剣を抜いた。

刹那、

「――フッ！」

凄《すさ》まじい剣閃《けんせん》が頭上を吹き荒れ、白い頭髪がハラハラと舞い落ちる。

「……っ」

あまりにも斬新《ざんしん》なカット法に息を呑《の》んでいると、

「後ろはこのようになっております。……いかがでしょうか？」

ハンドミラーを持ったリンが、後頭部を映しながら問い掛ける。

伸び切ってボサボサだった髪は今や昔の話、鏡に映るエレンは清潔感のある、ミドルヘアになっていた。

「あ、ありがとうございます……っ」

「ふふっ、どういたしまして」

そんな会話を交わしていると、部屋の外からハンドベルの音が聞こえてきた。

「どうやら、御夕飯の支度が整ったようですね。メインホールへ案内いたします」

「はい、お願いします」

二人がメインホールへ移動すると、

「――おぉエレン、さっぱりしたじゃないか！　ちょっと見ないうちに、とてもかっこよくなったね！」

既に食卓に着いていたヘルメスはそう言って、自身の右隣の椅子をスッと引いた。

「あ、ありがとうございます」

エレンはお礼を言いながら、静かにそこへ腰を下ろす。

(……それにしても、凄《すご》い部屋だな)

名画の雰囲気を醸《かも》す絵画・爛々《らんらん》と輝く豪奢なシャンデリア・意匠の凝《こ》った厳《おごそ》かな燭台《しょくだい》などなど、メインホールに飾られているのは、素人《しろうと》目にわかるほど高級なものばかり。

大きな食卓にズラリと並ぶのは、霜降りのお肉や艶のいい野菜、新鮮な魚介《ぎょかい》をたっぷり使い、自然の恵みを前面に押し出した、とても美味しそうな料理の数々。

しかし、エレンを最も驚かせたのは、高級な調度品でもなければ、豪華な料理でもない。

眼前に広がる、この異様な光景だ。

(……どうして使用人の人たちが、同じ食卓についているんだろう……?)

彼の生まれ育ったフィール家は、五爵の最下位『男爵』の称号をいただく貴族。自身も五歳までは貴族教育を受けていたため、上流階級の礼儀作法は知っている。

その知識から言って——貴族とその使用人が、同じ食卓を囲むことは絶対にない。

「あの……ヘルメス様?」

「ヘルメスでいいよ。堅苦しいのは、あまり好きじゃないからね」

「えっと、それじゃ……ヘルメスさん、ここでの食事はいつもこうなんですか?」

「ん……? あぁ、そういうことか」

質問の意図を理解したヘルメスは、両手を広げて柔らかく微笑む。

「ボクらはみんな、『家族』だからね。ごはんのときは、こうして一緒に食卓を囲むんだ」

「……家族……」

その言葉は、傷付いたエレンの心に深く沁《し》み込んだ。

「さて、みんな席に着いたね？　それじゃ、手を合わせて――」

ヘルメスが音頭《おんど》を取り、

「「――いただきます」」

使用人たちがそれに応じる。

「うめぇえええっす！　シィちゃんの料理は、やっぱり最高っすね！」

「お野菜……苦手です」

「こーら！　好き嫌いせず、ちゃんと食べなさい！」

「あら、その髪留め可愛《かわい》いわね。どこで買ったのかしら？」

「ふふっ、お洒落《しゃれ》でしょ？　教会近くの雑貨屋さんに売っていたの」

ヘルメス家の夕食は、とても自由で開放的なものだった。

そこに形式張った作法や堅苦しい空気はなく、みんなが純粋に食事を楽しんでいる。

「エレン、ちゃんと食べているかい？」

「ぁ、はい、ありがとうございます」

ヘルメスの心遣いに、エレンがお礼を述べると、

「――ヘルメス様、隙《すき》ありぃ！」

赤髪の使用人が、ヘルメスの皿から大きな海老《えび》を奪い取った。

「ちょっとティッタ、それボクの大好物だよ!?」

「ししししっ！　早いもの勝ちっす！」

そんな二人のやり取りに、エレンは思わずクスリと笑ってしまう。

すると――それを見たヘルメスは、今日一番の優しい笑みを浮かべた。

「あはは、やっと笑ってくれたね」

「えっ、あの……すみません」

「謝る必要はないさ。見ての通り、うちはちょっと賑《にぎ》やかだからね。ゆっくりとエレンのリズムで慣らしていくといい」

「…………はい、ありがとうございます」

十年ぶりに掛けられた、思いやりのある優しい言葉。

エレンの枯れた瞳から、一筋の涙が流れた。

「あーっ!?　ヘルメス様が、エレン様を泣かせてるっす！」

「ヘルメス様……これはいったいどういうことですか？」

「大変ゆゆしき事態ですね。使用人一同、詳細な説明を求めます」

「い、いやいやいや、ボクは何も悪いことをしてないよ!?　ほら、エレンもなんとか言っておくれ！」

　楽しく温かく幸せな時間が流れる中――突然、屋敷の扉が「ドンドンドンッ」と荒々しく叩かれた。

「っと、こんな夜遅くに誰だろう？」

　ヘルメスが首を傾げると同時、リンが音もなくスッと立ち上がる。

「ここは私が――」

「――いや、ボクが出よう。万が一、ということもあるからね」

　ヘルメスが玄関口へ向かい、その後を大勢の使用人たちが付き従う。所在なく一人ポツンと取り残されたエレンも、そそくさとそれに続いた。

「はいはい。どなたですか……っと」

　ヘルメスが玄関の扉を開けるとそこには――黒い外套《がいとう》に身を包んだ少女が立っていた。

「ヘルメス卿、夜分遅くに失礼いたします。私は魔術教会より派遣されました、D級魔術師カーラ・フェルメールです」

　カーラは深々と頭を下げ、教会所属であることを示す銀時計を提示した。

　特別な魔術刻印の打たれたそれは、魔術師が身分を証明する際に用いるものだ。

「おやおや、魔術教会の方がこんな時間にどうしたのかな？」

「ヘルメス卿の力をお借りしたく、訪問させていただきました。緊急を要する事態です。どうか大聖堂へいらしてください」

「大聖堂にぃ？　どうして？」

「一分一秒を争う状況なので、詳しい事情は現地でお話しさせていただければ幸いです」

「はぁ……。教会には『招集権』があるし、行かざるを得ないねぇ」

「御協力、感謝いたします」

ヘルメスは魔術教会の一員であり、その招集には可能な限り応じなければならない。

「っと、そうだ。ねぇエレン、いい機会だから、君も一緒に来てくれないかな？」

「えっ……はい、わかりました」

何が「いい機会」なのかわからなかったけれど、断る理由もなかったので、エレンはコクリと頷くのだった。


外行きの服に着替えたヘルメスとエレンは、カーラが用意した魔具《まぐ》〈異空鏡《いくうきょう》〉に入り、街の中央部に位置する大聖堂前へ転移した。

〈異空鏡〉は予《あらかじ》め定められた二点間の超高速移動を可能にする、非常に高額な魔具である。

「――どうぞ、こちらです」

カーラが大聖堂の扉を開けるとそこには、大勢の魔術師たちが床に寝かされていた。

「はぁはぁ……っ」

「う、うぅ……」

「ぁ、ぐ……ッ」

荒々しく肩で息をする者、沈痛な呻《うめ》き声を上げる者、苦しそうに胸を抑える者――彼らは全員、瀕死《ひんし》の重傷を負っている。

「……っ」

その悲惨な光景を前に、エレンはゴクリと唾を呑んだ。

「おやおや、これはまた随分と酷いねぇ。いったい何があったんだい？」

ヘルメスの問いに対し、カーラは苦々しい顔で返事をする。

「とある任務中、敵の魔術師から未知の攻撃を受けてしまい……この有様です」

「『とある任務』、ねぇ……。腕利きの術師をこんなにたくさん引き連れて、どこへ行こうとしていたのかなぁ？」

「……極秘作戦につき、詳細は伏せさせてください」

「あはは、君たちは本当に秘密が好きだねぇ」

ヘルメスは肩を竦《すく》めながら、倒れ伏した男性魔術師のもとへ進み、その紺碧《こんぺき》の瞳を鋭く尖《とが》らせる。

「この特徴的な術式構成は……『呪い』だね。被呪者《ひじゅしゃ》の魔力をウイルスに変換し、体細胞を壊死《ころ》させているようだ」

「はい。教会の回復術師では解呪《かいじゅ》することはできず、このままだと後一時間もしないうちに――」

「――全員死ぬだろうね」

「……仰る通りです」

重苦しい空気が流れる中、ヘルメスはキラキラと目を輝かせる。

「いやぁしかし、この呪いは本当によくできているね！　対象人数・持続時間・殺傷性、どれを取っても申し分ない！」

「へ、ヘルメス卿！　いくらなんでも不謹慎で――」

「――ただ、こんなに強力な呪いを使える術師を、ボクは一人しか知らないなぁ。ねぇこれ、再三にわたる忠告を無視して、『メギドの冥穴《めいけつ》』へ行ったんじゃないの？」

「……っ」

カーラは下唇を噛み、視線を逸《そ》らした。

教会の上層部から口止めされているため、口を割ることこそなかったが……。

その苦々しい表情が、何よりの答えだった。

「……ヘルメス卿、伏してお願いいたします。どうか彼らをお助けください」

「うーん、正直いろいろと思うところはあるんだけれど……。まず第一にどうしてボクなのかな？　この手のことは、レメのほうが向いていると思うよ？」

追憶の魔女レメ・グリステン。

回復や解呪の類《たぐい》は、彼女の得意とするところだ。

「実は、現在レメ様と連絡が取れない状況でして……」

「なるほど、それでこっちにお鉢が回ってきたというわけか」

「……申し訳ございません」

ヘルメスはため息をついた後、顎《あご》に人差し指を添えながら考え込む。

「まぁ教会に貸しを作るのも悪くないし、今回は助けてあげるよ」

「あ、ありがとうございま――」

「――でも、今から大急ぎで準備を始めたとして、助けられるのは五人ってところかな」

「たったの五人……!?」

カーラは思わず、聞き返してしまった。

この場に倒れ伏す魔術師は優に百人を越えており、その中から五人だけというのは、些《いささ》か異常に少なく思えたのだ。

「『たったの五人』って言うけど、これでもけっこう大変なんだよ？　正しい手順を踏まない解呪は、本当にただの力業《ちからわざ》だからね」

正しく解呪を為《な》すには、『呪いの本体である根本術式の特定』→『それに適合した相殺《そうさい》術式の生成』という手順を踏む必要があり、この作業には膨大な時間を要する。

僅か一時間でこれを実行するのは、たとえヘルメス級の大魔術師と雖《いえど》も、決して容易なことではない。

「そ、それは承知しております。ただ五人というのは、あまりにも……っ」

「せめてあと三時間あれば、完璧な解呪ができるんだけど……。そんなにまったりしていたら、みんな死んじゃうからねぇ」

「……っ」

三時間──その時間を耳にしたカーラは、キュッと下唇を噛み締める。

(最初からヘルメス卿を頼っていれば、みんな助けられたじゃない……っ)

魔術教会の上層部は、ヘルメスに借りを作るのを嫌がり、膝元《ひざもと》の術師で解呪を試みた。

しかし、結果は大失敗。

相殺術式の生成はおろか、根本術式の特定にさえ至らず、悪戯《いたずら》に時間を浪費しただけだった。

このままでは百人もの魔術師を失い、教会の維持運営に支障をきたす。

そこまで追い詰められてようやく、ヘルメスに助力を請《こ》う決断を下したのだ。

上層部のあまりに遅過ぎる判断に対し、カーラが強い苛立《いらだ》ちを覚えていると、

「それじゃ解呪の準備に入るから、その間に『命の選別』をしておいてね」

ヘルメスは手をヒラヒラと振り、クルリと踵《きびす》を返した。

「――さてエレン、ボクはこれから崩珠《ほうじゅ》という特殊な魔術を行使する。君にはそれを、その眼でよく視《み》ていて欲しいんだ」

ヘルメスはそう言いながら、凄まじい速度で術式を構築していく。

そんな中、エレンは純粋な質問を口にした。

「あの……ヘルメスさん。この呪いって、そんなに恐ろしい魔術なんですか？」

「うん。この術式を組んだのは、メギドという邪悪な魔術師でね。ボクの――いや、今はそんなことどうでもいいか。それよりもエレン、君の眼にはこの呪いがどう映っているんだい？もしよかったら、教えてくれないかな」

「そう、ですね……」

エレンはジッと目を凝らし、被呪者の体を注意深く観察する。

「なんと言うか……蛇のような黒いモヤモヤが、ゆっくりと体を締め上げているように見えます」

「へぇ、蛇ね……（実に興味深い。展開中の術式をそこまではっきりと視認できるのか）」

ヘルメスが目を丸くする中、エレンは言葉を続ける。

「とても強い魔力の籠《こも》った魔術なんですけど、一か所だけ変なところがあるような……」

『変なところ』……？　それはどこかな？」

「えっと、ちょうどこの辺りです」

エレンは恐る恐る右手を伸ばし、蛇のうなじにそっと触れる。

すると次の瞬間、蛇の体はビクンと跳ね、光る粒子となって消滅した。

それと同時、

「う……っ。ぁ、あれ……。俺は確か……？」

さっきまで苦しそうに呻き声を上げていた魔術師が、まるで何事もなかったかのようにスッと上体を起こした。

「これは、『術式破却《じゅつしきはきゃく》』……！」

魔術の根源を為す術式、その原則は等価交換。

魔術が強力であればあるほど、術式は煩雑化《はんざつか》していき、構造的な矛盾を孕《はら》みやすい。

術式破却は、術式の矛盾箇所に衝撃を加えることで、術式効果を破却するというものだ。

(魔術の教養がない十五歳の少年が、無意識のうちにあのメギドの術式を破却した……っ。嗚呼、やっぱり君は凄いよ。ボクの眼に狂いはなかった……！)

ヘルメスが至極の感動に打ち震えていると、目の色を変えたカーラが大慌てで迫ってきた。

「き、君……今、何をやったの!?」

「えっ、あの……すみません……っ」

これまでずっと酷い扱いを受けていたエレンは、咄嗟《とっさ》に謝る癖がついていた。

「大丈夫だよ、エレン。この人は怒っているわけじゃない。君が今何をしたのか、知りたがっているんだ。もしよかったら、わかりやすく教えてあげてくれないかな？」

「は、はい、わかりました」

エレンはコクリと頷き、ゆっくりと説明を始める。

「えっと……。この黒い蛇のうなじの辺りが――」

「……『黒い蛇』？」

「エレンの視覚イメージを伝えるよりも、術式の第何節に矛盾があるのか、それを教えてあげたほうがわかりやすいと思うよ」

「す、すみません。えーっと……第二万三千八百五十一節、ここがちょっとおかしく見えます」

彼の説明は非常に曖昧《あいまい》なものだったが……。

「……た、確かに……！」

カーラは厳しい修練を積んできたＤ級魔術師。

術式の矛盾箇所さえ教えてもらえれば、自《おの》ずから答えを導き出せる。

「へ、ヘルメス卿！　この方法ならば……！」

「うん、ここにいる全員を治し切れるだろうねぇ。ただ、もうちょっとばかし人手が欲しいかな？」

「……！」

ヘルメスから太鼓判と助言をもらったカーラは、大聖堂の中央部へ走り出し、連絡用の魔道具『水晶』を起動する。

「大聖堂より、教会本部へ緊急連絡！　呪いの解呪方法が判明しました！　……えぇ、はい！　ヘルメス卿のお弟子さんが、術式の矛盾を発見したんです！　とにかく、時間がありません！　大至急、応援を送ってください！」

応援要請を終えたカーラは、休む間もなく、ヘルメスのもとへ戻った。

「ヘルメス卿、ちょっとこの少年をお借りしてもよろしいですか⁉」

「それはボクじゃなくて、エレン本人に聞いておくれよ」

するとカーラは、すぐにエレンへ向き直る。

「エレンくん……いえ、魔術師エレン殿。『魔術の秘匿《ひとく》は術師の基本』――それは百も承知のうえで、お願いいたします。どうか貴方の叡智《えいち》をお授けください……！」

「は、はい……っ」

凄まじい熱意と迫力に押されたエレンは、コクコクと何度も頷いた。

数分後、魔術教会から派遣された大勢の術師が大聖堂に到着。

エレンは彼らに、呪いの構造的矛盾を簡単に説明する。

「な、なるほど……っ。確かにここを突《つ》けば、術式破却が成立する……！」

「しかし、全五万節で構成される術式のほんの僅かな構成破綻を看破《かんぱ》するとは……さすがはヘルメス卿のお弟子さんだ！」

応援に駆け付けた魔術師たちは、感心しきった様子で膝を打つ。

その後、迅速な治療が施された結果、一人の死者を出すこともなく、無事全員の解呪が完了した。

「はぁはぁ……。た、助かった……っ」

「ありがとうな、坊主。お前のおかげで、なんとか命拾いできたぜ」

呪いの苦しみから解放された魔術師たちは、口々に感謝の言葉を述べる。

「い、いえ、俺は当然のことをしただけですから……っ」

この十年間、碌《ろく》に感謝されたことのなかったエレンは、どう返答すればいいのかわからず、ただただ謙遜《けんそん》しっぱなしだった。

それからしばらくして――。

「ふぅ……」

エレンがようやく一息ついたところへ、温かいココアを手にしたヘルメスがやってきた。

「お疲れ様、大活躍だったね」

「あ、ありがとうございます」

湯立つカップを受け取り、お礼を言うエレン。

「ほら、見てごらん。ここにいる大勢の人たちはみんな、君が救ったんだよ」

「俺が……」

「エレンには魔術の才能がある。それを活かすも殺すも、全ては君次第だ。史上最悪と呼ばれたその魔眼は、史上最高の天眼《てんがん》になるかもしれない」

天眼。それは千年前に大魔王を打ち滅ぼしたとされる、伝説の大魔術師が宿す至高の瞳。

「その全てを見通す神の如《ごと》き眼があれば、エレンはきっと誰よりも『魔の深淵《しんえん》』に迫れる。そうすれば、もっとたくさんの人を助けてあげられる。君の周りは幸せでいっぱいになるんだ。

――どうだいエレン、ボクと一緒に魔術を極めてみないか？」

ヘルメスは真剣な表情で、スッと右手を差し出した。

（魔術を……極める……）

エレンはもう一度、ゆっくりと大聖堂を見回す。

先ほどまで苦痛に満ちていた大聖堂が、今では幸せで満たされている。

もしも自分が魔術を極めることで、多くの人たちを助けてあげられるのならば、この世界に幸せを作ることができるのならば――それはとても素晴らしいことに思えた。

「――はい、よろしくお願いします」

生きる目的を得たエレンは、ヘルメスと固い握手を交わす。

こうして魔術師エレンの新たな人生が始まるのだった。

第二章……………魔術師エレンの新たな人生

翌朝。

豪奢な一室で目を覚ましたエレンは、顔を洗って歯を磨き、手早く朝の支度を済ませる。

（ヘルメスさんの部屋は、確か三階だったよな……？）

昨晩、大聖堂から屋敷へ帰った後、「今日はもう遅いし、今後のことは明日に話そうか。朝起きたら、三階にあるボクの部屋へ来ておくれ」、ヘルメスはそう言って、エレンと別れた。

（よし、行ってみよう）

エレンが部屋から出るとそこには、お世話係のリンが立っていた。

「――エレン様、おはようございます」

「お、おはようございます」

「ヘルメス様のお部屋へ御案内します。どうぞこちらへ」

そのまましばらく歩くと、ヘルメスの私室に到着。

リンはコホンと咳払《せきばら》いをし、大きな扉をコンコンとノックする。

「――ヘルメス様、エレン様をお連れしました」

「あぁ、ありがとう。入っておくれ」

「失礼します」

リンがゆっくり扉を開けるとそこには、座椅子に腰掛けるヘルメスがいた。

彼はコーヒーカップを片手に揺らしながら、机に広げられた朝刊に目を通している。

「おはよう、エレン。昨夜はよく眠れたかい？」

「はい、ありがとうございます」

「そっか、それはよかった」

柔らかく微笑んだヘルメスは、空になったカップをソーサーの上に置く。

「さて、それじゃ早速だけど、例の話の続きをしようか」

彼は新聞を折り畳み、机の引き出しに直した。

「昨晩、ボクはベッドの中でじっくりと考えたんだ。『最も効率的に魔術を学ぶには、どうすればいいだろうか』ってね。そうして熟考《じゅっこう》に熟考を重ねた結果、一つの答えに辿《たど》り着いた。

──ねぇエレン、学校に行ってみるのはどうかな？」

「学校、ですか……？」

「うん。魔術師として成長するには、やっぱり学校に通うのが一番いい。それに何より、君のような若人《わこうど》には、同年代の友達が必要だと思うんだ。ときに笑い、ときに泣き、ときに怒り──お互いに切磋琢磨《せっさたくま》しながら過ごす、甘くて酸っぱい青い春。嗚呼、懐かしいなぁ……。ボクにもそういう時代があったんだよ？　今頃みんな、どうしているんだろう」

ヘルメスは遠い目をしながら、かつての青春に想いを馳《は》せる。

「っと、少し話が逸れてしまったね。それでどうかな？　ボク的には、王立第三魔術学園とかおススメなんだけど」

「お、王立第三魔術学園⁉」

ここグランレイ王国には、五つの王立魔術学園がある。

王立というだけあって、その五学園はいずれも超が付くほどの名門校。

無事に卒業できれば、歴史と伝統ある魔術教会・終身雇用の宮廷魔術師・金払いのいい大手魔具商店などなど……その進路は無限に広がり、福利厚生の充実した好待遇が約束される。

『第一』は戦闘に尖り過ぎだし、『第五』はあまりにも研究一辺倒《いっぺんとう》。王立魔術学園の中で、最もバランスの取れているのが『第三』なんだ」

「でも俺、魔術のことは本当に何も知らなくて……」

エレンは五歳まで貴族としての礼儀作法を厳しく躾《しつ》けられ、その後の十年間は物置小屋に押し込まれていた。

そのため、魔術の教養はまったくと言っていいほどない。

そんな自分が、王立魔術学園の入学試験を突破できるとは、とても思えなかった。

「それについては大丈夫。王立魔術学園の入学試験は、実技偏重の傾斜配点になっているからね。確か……『実技九割・筆記一割』だったかな？　筆記での足切りもないし、実力のある魔術師はけっこう簡単に入れるんだよ」

「いえ、その……俺には魔術師としての実力が、まったくないんですが……？」

「大丈夫大丈夫。エレンには魔術の才能があるし、ボクもできる限りの協力はする。だから、ちょっとだけ頑張ってみないかい？」

ヘルメスの優しくて真っ直《ま》ぐ《す》な言葉を受け、エレンは前向きな決意を固める。

「……わかりました。あまり自信はありませんが、自分なりに精一杯頑張ってみようと思います」

「よし、決まりだね！　それじゃ、入ってきてもらえるかな？」

ヘルメスが手を打ち鳴らすと同時、部屋の扉がキィと開き、新たに二人の使用人が入ってきた。

赤髪と青髪の美少女は、エレンのお世話係であるリンの両隣にスッと立ち並ぶ。

「紹介するね。向かって左からティッタ、リン、シャル。彼女たちがエレンの先生になって、体術・剣術・魔術の指導をしてくれる。第三の入学試験まであと一か月……あんまり時間の余裕もないから、駆け足で行くよ」

「「エレン様、よろしくお願いします」」

「え、えっと……よろしくお願いします」

こうしてエレンの魔術師としての修業が始まるのだった。

その後、動きやすい服に着替えたエレンは、ティッタという赤髪の使用人に連れられ、屋敷の中庭へ移動する。

「――ごっほん。それでは改めまして……あたしはティッタ・ルールー。エレン様、よろしくお願いするっす！」

「は、はい、よろしくお願いします」

体術の講師を担当するのは、ティッタ・ルールー。

その身に狼の血を宿す『獣人』だ。

肩に掛かる長さの燃えるような赤い髪、身長は百六十五センチ、年齢は十七歳。頭にぴょこんと生えた犬耳・人懐っこい温かな笑顔・豊かなサイズ感の胸が特徴の美少女。白と黒の純正メイド服を着用し、深いスリットの入ったロングスカートを穿《は》いている。

「さぁエレン様、『健全な魔力は健全な肉体に』っす！　あの太陽に向かって走れー！」

「は、はぃ……っ」

そうして小一時間ほど中庭を走らされた後は、腕立て伏せ・腹筋・スクワットをそれぞれ百回ずつこなしていく。

「――九十八、九十九、ひゃーく！　エレン様、お疲れ様っす！　ナイスファイトでした！」

「はぁはぁ……っ。や、やっと終わった……」

基礎的な鍛錬が終了したところで、ようやく体術の指導へ移行。

今回は修業初日ということもあり、白打《はくだ》・蹴撃《しゅうげき》・受け身――基本技能三種の習得に重点が置かれた。

「いいっすか、エレン様。白打は、右腕をこうやって……こうっす！」

「な、なるほど……？」

「蹴撃で大切なのは、ギューンと腰を捻って、シュバッと足を振ることっすね！」

「『ギューン』とやって『シュバッ』……？」

「受け身のやり方は……んー、そうっすねぇ……。口で説明するのは難しいので、実際に体験してもらいましょう。それじゃいきますよ？　そーれっ！」

「え、ちょ……待っ……ぅ、うわぁあああ……!?」

ティッタの指導法は、あまりにも感覚的過ぎた。

それからしばらくして、エレンの体にいくつもの擦《す》り傷《きず》と打撲痕《だぼくこん》が見え始めた頃――。

「いやぁ、お疲れ様でした！　ここまでよく頑張ったっすね！」

「は、はぃ……ありがとうございまし――」

「――それじゃ最後に摸擬戦をやりましょう！」

「摸擬戦!?」

まさか初日から実戦形式の修業をするとは予想だにしておらず、思わず聞き返してしまった。

「大丈夫っす。ちゃんと手加減しますから、エレン様が怪我をすることはありませんよ！

……多分」

「た、多分って……っ」

「心配無用っす！　この屋敷には優秀な回復術師もいますので、万が一ポッキリとかポロリがあっても、すぐに治してもらえるっす！」

自分の体から、いったい何がポロリするというのだろうか……。

あまり余計なことを聞くと、かえって怖くなりそうだったので、敢《あ》えて聞くような真似はしなかった。

「さぁエレン様、いつでも掛かって来いっす！」

「はぁ……わかりました（ティッタさんは人の話を聞くタイプじゃなさそうだし、やるしかない、よなぁ……）」

そう結論付けたエレンは、静かに呼吸を整え――真っ直ぐ最短距離を駆け抜ける。

「フッ！」

先ほど習った白打と蹴撃を主体に攻めるが……。

「なんのなんの！」

ティッタはそれを容易《たやす》くいなしつつ、ときたま軽いカウンターを挟んだ。

そうして実戦的な摸擬戦が行われる中、この日初となる、まともなアドバイスが飛び出す。

「エレン様、戦闘中に目をつぶっちゃ駄目っすよ？　しっかりと相手の動きを見て、常に次善《じぜん》の手を考えるんす！」

「な、なるほど……」

真面目で素直なエレンは、早速言われたことを実行。

（目を凝らして、相手の動きをよく見る……！）

すると――彼の漆黒の瞳に煌々と紅《くれない》が宿った。

（……視える）

次の瞬間、ティッタの繰り出した鋭い拳《こぶし》を、エレンは完璧に回避。

（あれ、急に動きがよくなった……？）

彼女が『違和感』を覚えたそのとき、

「そこだ……！」

エレンの鋭い中段蹴りが、ティッタの意識の間隙《かんげき》に滑り込む。

「……っ（速い!?　だけど、これぐらいなら……！）」

ティッタは獣人。その反応速度は、人間のそれを遥《はる》かに凌駕《りょうが》する。

「甘いっすよ！」

右腕を素早く引き込むことで、一拍以上も遅れた状態から、完璧に防御してみせた。

しかし、

（う、そっ⁉　何これ、重過ぎ⁉）

エレンの蹴りには、その小柄な体躯《たいく》からは、考えられないほどの凄まじい重みが載っていた。

「〜〜ッ」

骨の軋《きし》む嫌な音が響き、鈍い痛みが腕を走る。

「こ、の……！」

強烈な痛みに耐えかねたティッタは、反射的に掌底《しょうてい》を繰り出してしまい……。

「か、は……ッ⁉」

鋭いカウンターをモロに食らったエレンは、床と平行に吹き飛び――屋敷の外壁に全身を打ち付けた。

（し、しまった……ッ）

獣人である彼女の打ち込みは、分厚い鉄板さえも容易く穿《うが》つ。

「エレン様、大丈夫っすか⁉」

顔を真っ青にしたティッタが、大慌てで駆け寄ると、

「痛《い》っつつつ……」

彼は後頭部をさすりながら、まるで何事もなかったかのように、スッと起き上がった。

「すみません、吹っ飛んじゃいました」

「ふ、吹っ飛んじゃいましたって……」

先の掌底は、確実に病院コース。

最低でも数日は目を覚ますことのないレベルの一撃だった。

（あ、あり得ないっす……）

ティッタは己《おの》が失態を恥じると共に、エレンの異常なタフさに絶句する。

「エレン様、その頑丈さは人間の域を――」

そこまで口を開いたところで、彼女はすぐに口を閉ざした。

（っと、危ない危ない。またみんなに怒られるところっした……っ）

いつも細かいミスが多く、同僚からは『駄犬』と揶揄《やゆ》されることの多いティッタだが……。

今回は寸でのところで主人の言い付けを思い出し、喉元まで出掛かっていた禁句を呑み込んだ。

「あ、あんな軽い一撃で飛ぶようじゃ、全然駄目駄目っすね！　一流の魔術師への道のりは、果てしなく遠いっす！」

「はい。まだまだ未熟ですが、毎日コツコツ頑張っていこうと思います。ティッタさん、これからもよろしくお願いしますね」

エレンの純粋さに救われたティッタは、ホッと胸を撫で下ろし――パシンと手を打った。

「それじゃ、今日はここまでにしておきましょう。お疲れさまっした！」

「――ありがとうございました」

体術の修業が終わった後は、軽い昼食を挟み、剣術の修業に移る。

「僭越《せんえつ》ながら、剣術はこの私――リン・ヒメミヤが担当させていただきます」

「よろしくお願いします」

礼儀正しくお辞儀をするリンへ、エレンも同じように頭を下げた。

剣術の講師は、エレンのお世話係でもあるリン・ヒメミヤ。

ポニーテールにした艶やかな長い黒髪、身長は百六十八センチ、年齢は十八歳。

大きな漆黒の瞳・雪のように白い肌・豊満な胸・スラッと伸びた肢体《したい》、可愛いというよりは、美しいという言葉がよく似合う美少女。きっちりとした性格をしており、白と黒の超正統派メイド服を完璧に着こなしている。

「早速ですが、エレン様は剣を握られたことがありますか？」

「いえ、一度もないです」

「かしこまりました。それではまず、剣の持ち方から始めましょう」

リンはそう言って、二本の木刀を床に並べた。

「利き手を前に突き出し、こうして握手をするように柄《つか》を迎え、その下に自然な形でもう一方の手を添えます」

「えっと、こう……ですか？」

「はい、とてもお上手です。可能ならば、もう少し右手を上へ、鍔《つば》のほうへ滑らせて――そう、

「その位置です」

リンはエレンの背後に立ち、彼を抱きしめるような形で指導する。

「……っ」

背中に柔らかいものが――リンの豊かな胸が押し当てられ、自然と鼓動が速くなった。

「それでは次に、剣術において最も基本的な型である、『正眼《せいがん》の構え』を練習しましょう」

彼女はそう言って、自身のおへその前に木刀を構える。

「『学ぶ』という言葉の由来は、『真似《まね》ぶ』にあると言われております。さぁエレン様、まずは私の構えをよく見て、それを真似てみてください」

「はい」

エレンはコクリと頷き、目の前のお手本を注意深く観察していく。

(えーっと……剣先の角度は四十五度、重心の位置は真下で、呼吸はこんな感じかな……?)

剣の持ち方・重心の位置・呼吸のリズム――まるで鏡写しのように、リンの構えを完璧に模倣した。

それを見た彼女は、思わず言葉を失う。

(……信じられない)

堂に入《い》ったその姿は、今日初めて剣を握った初学者とは思えない。

エレンの正眼は、既に完成していたのだ。

「え、えっと……どうでしょうか？」

「……さすがはエレン様、素晴らしい正眼でございます」

「本当ですか？　ありがとうございます」

この十年、碌に褒められたことのなかったエレンは、とても嬉しそうに破顔《はがん》する。

「さて、お次は剣術の基礎となる動きを学んでいきましょうか」

「はい！」

その後、袈裟《けさ》・真向《まっこう》・一文字《いちもんじ》と言った基本的な斬撃《ざんげき》に始まり、踏み込み・重心移動・運脚のような体捌《たいさば》きを学んでいく。

（……覚えがいい。それに何より、眼がいい）

（リンさんの教え方、本当にわかりやすいなぁ）

感覚的過ぎるティッタとは異なり、きちんとした理論に基づいたリンの指導は理解しやすく、エレンはその教えをスポンジのように吸収していった。

「では最後に、我が流派の技をお教えましょう」

「お願いします」

「私の流派は次元《じげん》流。長い実戦の中で研ぎ澄まされた、最強・最速の剣です。ただ……かつて栄華《えいが》を極めた次元流も今や風前の灯《ともしび》、この剣を振るえるのは、もはや私のみとなってしまいました」

「リンさんだけ……？」

「はい。次元流を開いたヒメミヤの一族は、とある事情により滅ぼされてしまいました。私は一族最後の生き残り。……この剣はいずれ消えゆく運命にあるのです」

もの悲しそうに訥々《とつとつ》と語るリン。

それを見たエレンは、どうにかして彼女の力になりたいと思った。

「……それなら、俺がリンさんの剣を引き継ぎます。そして次元流をもう一度、世界中に広めます」

純粋無垢《じゅんすいむく》――あまりにも真っ直ぐな言葉を受けたリンは、一瞬呆《ほう》けたように固まってしまう。

「あ、いえ、その……す、すみません……っ。俺なんかが、出過ぎたことを言ってしまいました」

「いえ、ありがとうございます。エレン様は本当に優しいお方ですね」

その後およそ一時間、エレンはリンの指導のもと、次元流の基礎をしっかりと学んだ。

「――今日は初日ですので、この辺りにしておきましょうか」

「ありがとうございました」

「はい、とてもよくできました。さすがはエレン様でございます」

リンはエレンを優しくギュッと抱き締め、よしよしと頭を撫でた。

女の子特有の甘い香りが鼻腔《びこう》をくすぐり、温かく柔らかい感触が全身を優しく包み込む。

「り、リンさん、近いです……っ」

「ふふっ。家族なんですから、これぐらいのスキンシップは普通ですよ」

「そ、そういうものなんですか……？」

「えぇ、そういうものです」

剣術の指導が終わり、ヘルメスや使用人たちと夕食を食べた後は、いよいよ魔術の修業が始まる。

「ふっふっふっ、ようやくこのときが来ましたね……。魔術の講師はこの私――シャル・エインズワースが担当します！」

「よろしくお願いします」

シャル・エインズワース。

両サイドの肩口辺りで纏められた美しい青髪、身長は百五十センチ、年齢は十五歳。

自信に満ちた琥珀《こはく》色の瞳、張りのある柔らかそうな肌、少し幼さの残る可愛らしい顔立ちの美少女だ。背丈こそ小さいものの、大きな胸とくびれた腰付きが特徴の魅力的なプロポーションを備えている。

趣味は裁縫。支給されたメイド服を魔女ルックに大改造し、頭からすっぽりと被《かぶ》った大きな魔女帽子は、彼女が夜なべして編んだ手作りだ。

「いいですか、エレン様？　魔術の基本は『六道《ろくどう》』の理解にあります。赤道《せきどう》・青道《せいどう》・黄道《おうどう》・緑《りょく》道《どう》・白道《はくどう》・黒道《こくどう》――自身の魔術適性を知り、その道を真っ直ぐ進むことが、魔術を極める最短経路になります」

「なるほど……。ちなみになんですが、六道の中で優劣とかはあるんですか？　例えば〇〇道が強かったり、××道が弱かったりとか」

「いい質問ですね。その問いに対する答えはずばり――我が『青道』こそが最強であり、他の系統は『糞雑魚《くそざこ》ゴミ道《どう》』です」

「え、えー……っ」

明らかな偏見を押し付けられたエレンは、曖昧な苦笑いを浮かべる。

「さて、それでは早速、エレン様の魔術適性を調べましょうか」

シャルはそう言うと、戸棚の奥から透明な水晶を取り出し、机の上にそっと置いた。

「この水晶は『魔晶石』と呼ばれる、特殊な魔石から削り出されたもの。魔晶石は周囲の魔力に反応し、様々な変化を示します。この性質を利用することで、魔術師は自身の魔術適性を知ることができるのです」

「なるほど……」

「術師の適性が赤道ならば、魔水晶の内部にちんけな小火《ぼや》が起こり、青道ならばまるで神の零した涙と見紛《みまが》うばかりの神秘的な雫《しずく》が生まれ、黄道ならばみすぼらしい静電気が流れ……まぁ『百聞は一見に如《し》かず』ですね。さぁエレン様、魔水晶に両手をかざし、魔力を流してみてください」

「はい、わかりました」

エレンは言われた通り、魔晶石に両手を添え、静かに魔力を込める。

すると次の瞬間、魔晶石の内部に灼熱の業火《ごうか》が渦巻き、

「ほぅほぅ、エレン様の適性は赤道のよう――」

しかしその直後、眩《まばゆ》い迅雷《じんらい》が駆け抜け、

「あ、あれ……？　この反応は黄道の――」

そうかと思えば、邪悪な闇が湧き上がる。

「なんと禍々《まがまが》しい……っ。これは間違いなく、黒道の――」

それからしばしの間、魔晶石内部の『異常』は留まる試しを知らず、まるで嵐のように目まぐるしく変わり続けた。

「えっと、これは……？」

エレンはコテンと小首を傾げ、シャルの意見を仰ぐ。

「え、エレン様は……白道に適性があるようですね！」

「白道ですか」

「はい、この優柔不断かつ不細工な反応は間違いありません。ちなみに白道は、糞雑魚ゴミ道の一つ。調和を司《つかさど》る、生温《なまぬる》くて半端な力となります。……残念でしたね」

「生温くて半端な力……。なるほど、優しくて応用力のある力ということですね！」

ここまでのやり取りから、シャルの取り扱いを理解したエレンは、とても嬉しそうに微笑んだ。

「まぁ、そのような解釈もできなくはないですね。――とにもかくにも、エレン様の魔術適性は、糞雑魚ゴミ道の一つである白道。まぁこれは生まれ付きのものなので、文句を言っても仕方がありません。そうがっかりしないでください」

シャルはそう言いながら、魔水晶を戸棚の奥へ収納し、コホンと咳払いをする。

「さっ、それでは気を取り直して、青道の授業を始めましょう！」

「はい、お願いしま……えっ？」

「……？　どうかしましたか？」

不思議そうにキョトンと小首を傾げるシャルへ、エレンはゆっくりと問い掛ける。

「えっと……俺の適性は白道なんですよね？」

「えぇ、それがどうかしましたか？」

「だとしたら普通、白道から習うのでは……？」

至極真っ当な質問に対し、シャルはやれやれと肩を竦める。

「まったく、これだから素人は……。いいですか、エレン様？　遥か古《いにしえ》より、『全ての道は青道に通ず』と言われています。この言葉からもわかるように、魔術師は青道さえ学んでおけばいいんですよ」

「……ちなみにその言葉は、どなたが仰ったんですか？」

「無論、私です」

「あ、あはは……やっぱり……」

予想通りの回答に、エレンは苦笑いを浮かべる。

「とにかく、六道の中で最強の青道を学べば、自ずと他の道の理解も深まります！　ぶっちゃけた話、青道以外の魔術を学ぶ価値はないのですよ！」

「わ、わかりました……っ（シャルさんは青道に御執心だし、ここで反発しても、話が進まなさそうだな……）」

そう判断したエレンは、青道を習うことに決めたのだった。

それからおよそ一時間、術式構成・魔力循環・詠唱理論といった、座学を中心とした指導が行われ――いよいよ実践のときを迎える。

「これより、青道における最も初歩的な魔術『青道の一・蒼球《そうきゅう》』の実技練習を行います。これから私が完璧なお手本を見せるので、エレン様はそれを真似てください」

「わかりました」

エレンがコクリと頷いた後、シャルは静かに目を閉じる。

「白日の冬、悲愁《ひしゅう》の喜像《きぞう》、篝《かがり》の秘空《ひくう》を藍《あい》で満たせ――青道の一・蒼球《そうきゅう》」

詠唱が結ばれると同時、彼女の周囲にたくさんの水球が浮かび上がった。

「お、おぉ……！」

「ふっふっふっ。どうですか、美しいでしょう？　綺麗でしょう？　これが青道魔術の神秘です！」

エレンの反応に気をよくしたシャルは、得意気な顔で胸を張る。

「ではエレン様、青道の一・蒼球を発動してみてください」

「はい！」

座学で習った蒼球の術式を構築し、そこへ自身の魔力を流し込んでいく。

そうして発動準備を完了させたエレンは、いよいよ詠唱を開始する。

「白日の冬、悲愁の喜像、篝の秘空を藍で満たせ――青道の一・蒼球」

次の瞬間、彼の周囲に蒼《あお》い水の球がふわふわと浮かび上がる。

「うわぁ、凄い……！」

自分の意思で、初めて行使した魔術。

エレンの心の内は、純粋な感動と喜びとでいっぱいになった。

「ほ、ほぉ……。一発で成功させるとは、なかなかやりますね。……実はどこかで、コソ練《れん》していたんじゃないですか？」

「いえ、今回が初めてです」

「ふーん、そうですか……。でも、あまり調子に乗ってはいけませんよ？　青道の真髄は、変幻自在の展開力！　すなわち『属性変化』と『形態変化』にあります！　これをマスターせずに青道を語るなど、片腹痛いとしか言えません！」

「属性変化と形態変化……こういうのですか？」

エレンは人差し指をサッと走らせ、展開中の術式に軽微な修正を加えた。

すると次の瞬間、周囲に浮かぶ水の球は朱《しゅ》を帯び、赤道属性に変化する。

「こ、これは……属性変化!?　しかも、一番難易度の高い対極《たいきょく》の属性に……っ」

「あっ、やっぱりここをいじれば属性が変わるのか。それなら、こっちをいじれば……？」

エレンがさらに別の場所へ手を加えると同時、水の球は四角錐《しかくすい》に変形した。

「け、形態変化まで……っ」

魔術師の上級技能、属性変化と形態変化。

エレンはそのやり方を誰に教わるまでもなく、自身の直感だけで容易くやってのけた。

(ずば抜けた魔術センス、常識に囚《とら》われない自由な発想……ヘルメス様の言う通り、エレン様には天賦《てんぷ》の才能があるようですね。……ちょっと癪《しゃく》ですが、認めるべきところは認めましょう)

シャルは大きく深呼吸をし、コホンと咳払いをする。

「ま、まぁまぁですね！　世紀の大魔術師であるこの私から見れば、ミジンコレベルの青道魔術ですが……。『初学者にしてはよくできた』、と言ってあげてもよいでしょう！」

「本当ですか？　ありがとうございます！」

既にシャルの人となりを理解しているエレンは、彼女らしい誉め言葉を素直に受け取った。

「さて、と……今日はこの辺りでお開きにしましょうか。明日は青道魔術の奥深さとその神秘性について、ばっちりみっちりお話しするつもりなので、楽しみにしておいてください」

「はい、わかりました」

こうしてエレンの魔術師修行、その一日目が終わったのだった。

◇

深夜遅く――エレンがすやすやと寝静まった頃、ティッタ・リン・シャルの三人は、ヘルメスの執務室を訪れた。

「「「――失礼します」」」

「みんな、今日は御苦労だったね」

ヘルメスは書類仕事の手を止め、使用人たちへ労《ねぎら》いの言葉を掛ける。

「早速なんだけど、エレンはどうだった？」

「さすがは史上最悪の魔眼というべきでしょうか。恐るべき才能の持ち主でした」

エレンのお世話係を務めるリンが、全員を代表してそう返事すると、ヘルメスは満足そうに微笑む。

「そうかそうか、それは何よりだ。さて、もう夜も遅いし、サクッと本題に入ろうか。みんな、今日一日修業をやってみて、エレンの異常性には気付いただろう？」

ティッタ・リン・シャルの三人は顔を見合わせ、同時にコクリと頷いた。

「それじゃ、ティッタから聞かせてもらおうかな。体術はどうだった？」

「率直に言えば、『超絶素人』っす。体力・筋力は平均的な人間以下、体捌きに関してもてんでからっきしでした」

「まぁ、彼はずっと物置小屋に閉じ込められていたそうだからね。無理のない話かな」

ティッタの歯に衣《きぬ》着せぬ物言いに、ヘルメスは苦笑いを浮かべる。

「ただ……」

「ただ？」

「身体能力の『振れ幅』がヤバイっす。小さいときは本当に子どもレベルの力なんですが、大きいときは私を超えています」

「へぇ、それは凄いね」

獣人から下された『獣人以上』という評価に、ヘルメスは感嘆の吐息を漏らす。

「ところでティッタ、さっきからずっと気になっていたんだけど……右手、大丈夫？」

「あ、あー……バレちゃいました？　一応、完璧に防御はしていたんすけど、思っていたよりもかなり重くて……一撃で砕かれちゃいました」

「ボクが治そうか？」

「いえいえ、こんな些事《さじ》でヘルメス様の貴重な魔力を無駄にはできません！　骨自体はほとんど再生していますので、心配御無用っす！」

獣人の回復力は凄まじく、四肢《しし》の粉砕骨折程度であれば、一晩ぐっすりと眠れば完治するのだ。

「そっか。もしあれだったら、我慢せずにいつでも声を掛けてね？」

「お気遣い、ありがとうございます」

ティッタの報告が完了したところで、ヘルメスは次へ移る。

「それじゃリン、剣術はどうだった？」

「今日初めて剣を握ったらしく、まだ評価を下す段階にはありません。――しかし、恐るべき洞察力と吸収力を兼ね揃えておられました。私の構えを瞬時に見取り、次元流の型も信じられない速度で習得しております。このまま順調に育てば、いずれは素晴らしい魔剣士になるかと」

「手厳しい君がそんなに褒めるなんて……これはとても期待できそうだね」

ヘルメスは眼を丸くし、満足そうに頷いた。

「最後にシャル、魔術はどうだった？」

「赤道・青道・黄道・緑道・白道・黒道――六道全てに対し、非常に高い適性を持っていました。特に『黒道』適性の高さは……もはや『異常』です」

「なるほどなるほど。ちなみになんだけど……エレンにはちゃんと『白道適性』だって伝えてくれた？」

「はい、全て仰せのままに」

「ありがとう」

それぞれの『エレン評』を聞いたヘルメスは、ゆっくりと立ち上がり、部屋の窓から真紅の月を眺める。

「――眼よりも先に手が肥えることはない。エレンはこの世界で一番、学ぶことの上手な魔術師と言えるだろう」

ヘルメスの喜色《きしょく》に弾《はず》んだ声が、執務室に響きわたる。

「とにかく、彼を伸び伸びと成長させるんだ！　『常識』・『普通』・『一般』――そんな馬鹿馬鹿しい固定観念を間引き、くだらない柵《しがらみ》を断ち切り、つまらない足枷《あしかせ》を取り去る！　ティッタ・リン・シャル、あの子が自由な学びを得られるよう、明日からもよろしく頼むよ！」

「「「はい、かしこまりました」」」

三人は深く頭を下げ、静かに執務室を後にした。

「……嗚呼、楽しみだなぁ……。エレン、君はいったいどんな世界を魅《み》せてくれるんだぃ？」

第三章……………入学試験

エレンがヘルメスの屋敷に移り住み、魔術師の修業を始めて早一か月——今日はついに王立第三魔術学園の入学試験が実施される。

「エレン様、受験票や筆記用具は、お持ちになりましたか？」

「昨日はぐっすり眠れましたか？　コンディションはどうっすか？」

「現地へのルートは大丈夫ですか？　泣いてお願いするのならば、私が現地まで一緒に行ってあげてもよいですよ？」

リン・ティッタ・シャルが過剰に世話を焼いたところで、ヘルメスがパンパンと手を打ち鳴らす。

「こらこら君たち、エレンはもう十五歳なんだよ？　あまり過保護過ぎるのは感心しないなぁ」

「「「も、申し訳ございません……っ」」」

主君に窘《たしな》められた三人は、肩を落としながらおずおずと引き下がる。

ヘルメスは「やれやれ」と肩を竦めた後、ゴホンと大きく咳払いをした。

「エレン、今日はいよいよ受験本番だね。不安に思う気持ちもあるだろうけれど——大丈夫。君はこの一か月の修業で、魔術師として大きく成長した。どんな試験であろうと、きっと合格できるはずだ」

「ありがとうございます」

この一か月で、エレンは随分と明るくなった。

おどおどしたところが薄くなり、生来の前向きな性格を取り戻しつつある。

それでもまだ自己肯定感は低く、自信に欠けているところが散見されるのだが……。僅か一か月という短いリハビリ期間を鑑《かんが》みれば、劇的な改善と言えるだろう。

「さて、そろそろ時間だね。怪我だけはしないように気を付けるんだよ」

「はい！」

「おっとその前に……受験票はちゃんと持ったかい？　筆記用具やお薬は？　あと、受験会場までの道は大丈夫かな？　なんだったら、ボクが直接現地まで――」

「「ヘルメス様、過保護はいけませんよ!?」」

「ご、ごめんごめん。ついうっかり……っ」

使用人三人に窘められたヘルメスは、平謝りをするのだった。


ヘルメスたちに見送られ、屋敷を出たエレンは、眼前に広がる自由な世界に感動する。

（うわぁ、外に出るのなんて、いったいどれぐらいぶりだろう……！）

この一か月はずっと屋敷の敷地内で修業していたため、こうして自由に外を歩き回るのは、十年ぶりのことだった。

通りを行き交う人・大空を飛び回る鳥・微《かす》かに香る木々のにおい。

全てが新鮮で、全てが輝いて見えた。

（っと、こうしちゃいられない。早いところ、受験会場に向かわないと）

エレンは鞄《かばん》の中から地図を取り出し、目的地へ向けて歩き始める。

（えーっと……。魔具屋《まぐや》さんがここで、武器屋さんがここにあるから……あっちだな）

そうして街の雑踏《ざっとう》を進むことしばし、目の前に巨大な建造物が飛び込んできた。

「こ、これが王立第三魔術学園……っ」

白亜《はくあ》の宮殿と見紛う巨大な本校舎・威風堂々と聳え立つ時計塔・美しい芝生の校庭などなど、その途轍《とてつ》もないスケールに圧倒されてしまう。

（……凄いなぁ。この学園、どれぐらいのお金が掛かっているんだろう……）

そんなことを考えていると、視界の端に『受付』の二文字が映った。

（あそこが受付か）

正門の前に置かれた仮設テーブル、そこが入学試験の受付会場となっており、既に大勢の受験生が長い列を作っていた。

エレンはその最後尾に並び、自分の番が来るのを待つ。

「――お次の方、どうぞ」

「はい。あの、王立第三魔術学園を受験しに来たんですけれど……」

鞄の中から受験票を取り出し、受付の女性に提示する。

「ありがとうございます。受験番号1850番、エレン様でございますね。それでは、こちらのくじをどうぞ」

彼女はそう言って、正方形の大きな箱を取り出した。

「えっと……?」

「当学園の受験生は年々増加傾向にあり、昨年度ついに一万人の大台を突破。これほどの数になりますと、同一会場での実施は現実的に難しく……。今年度からは会場を複数に分けて、試験を執り行わせていただくことになりました。このくじ引きは、エレン様の試験会場を決めるものになります」

「なるほど、そうだったんですね」

受付の丁寧な説明に納得したエレンは、箱の中にあるくじを引く。

そこに書かれていた番号は――『十八番』。

「十八番ですね。では、正門を入ってすぐ、黒色の異空鏡にお入りください」

「はい、わかりました」

受付の指示に従い、黒色の異空鏡に入るエレン。

彼が飛んだ先は――青々とした緑の生い茂る、深い森の中。

(ここが試験会場か……)

周囲を軽く見回すと、そこには既に数百人もの受験生たちが待機していた。

(この人たちみんな、魔術師なのか……っ)

独特の空気感に圧倒されたエレンは、身を隠すように目立たない木陰のほうへ移動する。

それからしばらくして、試験開始の九時になった瞬間――『試験監督』の腕章を巻いた大男が、異空鏡からヌッと姿を現した。

「――おっほん。吾輩《わがはい》は王立第三魔術学園の常勤講師、白道担当のダール・オーガスト。十八番グループの監督を任された者である」

ダール・オーガスト、五十五歳。

灰色のショートヘア、身長は二メートル。山の如きふくよかな体躯を誇り、立派なカイゼル髭《ひげ》が特徴の大男だ。

「お、おいおい……あの『鉄壁のダール』が試験官かよ!?」

「さすがは王立魔術学園、超有名魔術師が簡単に出てくるな……」

「あぁ、眼福《がんぷく》だぁ……っ」

ダールの武勇は王国中に知れ渡っており、受験生たちは羨望の眼差しを向ける。

「さて、あまり時間に余裕もないので、早速説明を始めるのである。と言っても、此度《こたび》の実技試験は単純明朗《たんじゅんめいろう》。体術・剣術・魔術――自身の最も得意とする手段を以《も》って、吾輩をこのサークルの外へ押し出した者を合格とするのである」

ダールがパチンと指を鳴らすと、彼の足元に半径五十センチほどの小さな円が浮かび上がった。

「細かいルールは一切なし。近・中・遠、好きな間合いで、最強の一撃をぶつけてくるがいいのである。ただし、挑戦権は一回のみ。攻撃を放ったものの、吾輩を動かせなかった挑戦者は、その場で即失格になるのである。――ここまでの話で、何かわからないことは？」

ダールが受験生のほうへ目を向けると、一人の女子学生が恐る恐る手を挙げた。

「あ、あの……。つまりこの試験は、『ダール先生の鉄壁と名高い防御魔術を打ち破り、そのサークルから追い出せなければ不合格』、ということでしょうか……？」

「心配無用。未《いま》だ成長途中の受験生諸君に対し、そんな過酷を強いるつもりはない。吾輩は一切の防御魔術を使わず、この場に立ったままである」

その返答を受け、受験生がにわかに騒がしくなる。

「えっ、それって……棒立ちのダール様を吹っ飛ばせってこと？」

「もしかしなくても、楽勝じゃない……？」

「へへっ、こりゃもらったな！」

弛緩《しかん》した空気が流れる中、ダールはゴホンと咳払いをし、手元の受験者名簿に目を落とす。

「他に質問もないようなので、そろそろ始めるのである。受験番号719番、カマッセ・ザコデス」

「うーっす！」

名前を呼ばれた金髪の男子カマッセは、軽い返事と共に立ち上がる。

「俺の相棒は、全てを断ち斬る最強の火剣《ひけん》！『鉄壁のダール』といえども、生身じゃガチで死んじまうぜ？」

彼は自信満々といった様子で、赤褐色《せきかっしょく》の剣を引き抜いた。

「うむ、殺すつもりで来るのである」

「……一応、忠告はしたからな？」

カマッセは鋭い眼光を光らせ、力強く地面を蹴り付ける。

「ハァアアア……！」

裂帛《れっぱく》の気合と共に、鋭い袈裟斬りが放たれた。

次の瞬間――ギィンという硬質な音が轟《とどろ》き、カマッセ自慢の愛刀は見るも無残に砕け散る。

「なっ、ぁ……!?」

「うぅむ……そのような鈍《なまく》らでは、吾輩の『魔力障壁』を突破できぬのである。――失格」

魔力障壁――魔術師の肉体は常に微弱な魔力を放っており、ちょっとした緩衝材のような役割を果たしている。

本来これは非常に脆《もろ》く、敵の攻撃を防げるような代物ではないのだが……。

ダールクラスの凄腕魔術師ともなれば、その強度はまさに『段違い』。軽い斬撃や低級魔術ぐらいならば、全て無力化してしまうのだ。

「ひ、卑怯だぞ！　防御魔術は使わねぇって話じゃなかったのか!?」

「魔力障壁は生理現象であり、ルールには反しないのである。それに何より、吾輩の防御魔術はこんなものじゃないのである」

「ぐっ、畜生……っ」

圧倒的な力の差を見せつけられたカマッセは、悔しそうに試験場を後にした。

「では次、受験番号１２０３番、ムメイ・モブ」

「は、はい！」

ダールの強靭《きょうじん》な魔術障壁を見たムメイは、緊張した面持ちで己が魔力を研ぎ澄ませる。

「――無亡《むぼう》の燭台、咎負《とがお》いの瓶《かめ》、赫《あか》き斜陽《しゃよう》が弧《こ》を包む！　赤道の二十五・劫火滅却《ごうかめっきゃく》！」

完全詠唱のもとに放たれた巨大な火球はダールを直撃――凄まじい爆風が吹き荒れた。

「や、やった……！」

手応えあり――ムメイが強く拳を握った次の瞬間、

「うーむ、こんな火力ではお肉も焼けないのである。――失格」

爆炎の中から、無傷のダールが現れた。

「そ、そんな……っ」

膝から崩れ落ちるムメイをよそに、ダールは次の名前を呼ぶ。

その後、大勢の受験生たちが挑戦したのだが……。

「大砲以下の衝撃である。――失格」

「くそ……っ」

「踏み込みが甘いのである。――失格」

「そ、そんなぁ……」

「出力が足りてないのである。――失格」

「畜生、これでも駄目なのか……ッ」

誰一人として鉄壁の魔力障壁を突破できぬまま、百人あまりが会場を去った。

「では次、受験番号１４２１番、ゼノ・ローゼス」

「……」

黒衣を身に纏った男は、無言のままに立ち上がる。

それと同時、受験生の間に小さなざわめきが起こった。

「な、なぁ……ローゼスって、あの呪われた『ローゼス家』じゃないか？」

「漆黒の髪、首筋に走る『呪蛇《じゅだ》の刻印』……。間違いねぇ、ローゼス家の末裔《まつえい》だ……」

「おいおい、今年はそんな危ねぇ奴が、受験しに来てんのかよ……っ」

忌避《きひ》の視線が飛び交う中、

「……おぃ、何をジロジロ見てんだ。ぶち殺されてぇのか？」

「「「……っ」」」

一睨《ひとにら》みで周囲を黙らせたゼノは、小さく鼻を鳴らし、ダールの前に立つ。

「さぁ、いつでも来るのであ――」

「――黒道の五十・黒凰天墜《こくおうてんつい》」

ゼノが魔術を展開すると同時――遥か天空より、漆黒の大結晶が振り落ちる。

「これは……っ」

刹那、今までとは別次元の破壊がダールを襲い、凄まじい衝撃波が大気を打ち鳴らす。

「ご、五十番台の黒道を無詠唱!?」

「さすがはローゼス家の末裔、とんでもねぇ魔力だな……っ」

「と言うかダール様、さすがにヤバくねぇか……？」

各地で心配の声が溢《あふ》れる中、

「はっ、死んじまったかぁ？」

ゼノが嘲笑《ちょうしょう》を浮かべた次の瞬間――爽やかな突風が吹き、土煙の中から無傷のダールが現れた。

「うむうむ、素晴らしい黒道であった。このまま研鑽《けんさん》を積めば、将来は立派な黒魔術師になれるであろう。――合格」

「……ちっ」

実技試験を突破したにもかかわらず、ゼノの顔色は晴れない。

自身の放った五十番台を、魔力障壁のみで防ぎ切られたことが、彼の自尊心《プライド》に傷を付けたのだ。

「では次、受験番号１６３７番、アリア・フォルティア」

「はい」

次に立ち上がったのは、純白の髪をたなびかせる美少女。

彼女はダールの前へ移動すると、腰に差した魔剣を引き抜いた。

「白桜流《はくおう》・三の太刀《たち》――桜麒《おうき》」

刹那、凄まじい斬撃が空を走り、ダールの巨体がサークルの外まで後退する。

「まこと見事な一撃であった。――合格」

二人目の合格者の誕生に、受験生が密《ひそ》かに沸き立つ。

「は、速《はえ》ぇ……。剣先の動きが、全然見えなかったぞ……」

「アリア・フォルティア、か……。まったく聞いたことのねぇ名前だな」

「壮麗《そうれい》の女魔剣士……かっこいい……っ」

一同がゴクリと唾を呑む中、

「いやはや、吾輩の試験を突破する者が、まさか二人も現れようとは……今年はなかなかに豊作であるな。よきなりよきなり！」

ダールは髭を揉《も》みながら、嬉しそうに何度も頷いた。

「では次――受験番号1850番、エレン……っと姓《せい》はなしであるか」

「は、はい……！」

エレンが一歩前に出ると、受験生全員の視線が集中する。

（予想はしていたけど、凄い『圧』だな……っ。こんなプレッシャーの中で、みんなは試験に臨んでいたのか……）

彼はゆっくり息を吐き出し、緊張を解きほぐしていく。

（ふー……とにかくまずは、向こうの強度を測らないとな）

エレンは真っ直ぐ歩《ほ》を進め、ダールの強靭な魔力障壁にそっと右手を伸ばした。

（……凄い）

眼前の魔力障壁は、シルクのように柔らかく鋼のように堅い。

そして何より、力強い生命の波動が感じられた。

（さて、どうやってこれを突破しようかな……）

脳内に浮かび上がる、いくつもの選択肢。

エレンはその中から、最もシンプルかつ確実な手段を選び――実行に移す。

「──白道の一・閃《せん》」

彼が発動したのは、白道の超初級魔術。

魔力を人差し指の先端に集中させ、それを解き放つというシンプル極まりないものだ。

「おいおい、あいつ……ふざけてんのか？」

「さっきまで何を見ていたんだ？　白道の一なんかで、鉄壁のダールの魔力障壁を突破できるわけないだろ……」

「はぁ……『記念受験』ってやつかしら？　時間の無駄ね」

他の受験生から嘲笑が飛び交う中、

「これ、は……!?」

ダールは咄嗟にサイドステップを踏み、エレンの魔術を回避した。

「……え……？」

「あのダール様が……避けた……？」

「最弱の……白道の一を……？」

五十番台の魔術さえ無傷で受け切った鉄壁の魔術師が、最弱の攻撃魔術である『白道の一番』を回避した。

その異常な光景を前に、辺りはシンと静まり返る。

（……今のはただの『閃』じゃないのである。上級技能『形態変化』により、貫通力を大きく強化してあった。そして何より恐ろしいのは、吾輩の魔力障壁の間隙を――コンマ数秒の刹那を正確に貫いてきたのである……）

魔力障壁は生理現象であり、当然そこには波が――ムラがある。

エレンはそれを完璧に見切り、ダールの魔力障壁がゼロになる瞬間、すなわち『凪《なぎ》の刹那』を打ち抜いたのだ。

しかしこれは、魔力の流れを完璧に見切らなければ、実現することのできない神業。

（……確かめたい）

ダールの顔はいつしか『試験監督』から『歴戦の魔術師』に変わっていた。

「少年……エレンと言ったな。今のは、狙ってやったのであるか……？」

「えっと、『今の』というのは……？」

白道の一を形態変化させたことか、それとも魔力障壁の間隙を貫いたことか。

エレンがどちらについて答えればいいのか困っていると、ダールは静かに首を横へ振った。

「……いや、愚問であるな。『魔術の秘匿は術師の基本』――このような公然の場で、手の内を明かせというのは、あまりにも無粋極まる。吾輩の浅慮《せんりょ》をどうか許して欲しい」

魔術師の常識に照らせば、ダールの質問は礼を失したものであるのだが……。

「い、いえ。お気になさらずに」

魔術師の常識を持たないエレンからすれば、どうしてそんなに謝るのかわからなかった。

「ところでその、試験の結果は……？」

「そんなもの、敢えて口にするまでもない――合格である！」

「あ、ありがとうございます！」

こうして無事に実技試験を突破したエレンは、グッと拳を握り締めるのだった。

◇

見事ダールの試験を突破したエレン・ゼノ・アリアの三人は、白色の異空鏡を通り、王立第三魔術学園に帰還――続く筆記試験を受けるため、学園中央部にある大講堂へ移動。

講堂内の大教室には、他会場で実技試験をパスした大勢の受験生たちが着席していた。

エレンは自身の受験番号が貼られた席に座り、それとなく周囲を見回す。

（うわぁ……。みんな、強そうだなぁ……っ）

魔具を調整している者、魔剣を磨いている者、魔術書を読み耽《ふけ》っている者――教室内は異様な空気に包まれている。

それからしばらくすると、背筋のピンと伸びた、老齢の貴婦人が入室してきた。

「――注目。私はリーザス・マクレガー。当学園の副学長であり、二次試験の監督を務める者です。これより、試験の説明を始めます」

リーザス・マクレガー、八十八歳。

上品に編まれた金髪、身長は百七十センチ。落ち着いた黒衣に身を包み、凛《りん》とした空気を纏う。実年齢は八十を優に超えているが、驚異的な若さを誇っており、外見上は五十代前半に見える。

「先に告示があった通り、二次試験は筆記によるペーパーテスト。制限時間は一時間。カンニングなどの愚かな行為をした者は、当学園への受験資格を永久に剝奪《はくだつ》し、魔術教会へその情報を連携いたします。そうなれば必然、正規の魔術師となる道が閉ざされますので、くれぐれも御注意を」

簡潔に説明を終えたリーザスが、パチンと指を鳴らすと同時――教室の前に積まれた箱から、筆記試験の問題と解答用紙が、パラパラパラパラと勢いよく飛び出した。

それらはたちまちのうちに、受験生の机の上にスッと収まる。

「――始めなさい」

リーザスの号令と同時、プリントを裏返す音が教室中に響く。

受験生たちが自身の名前と受験番号を素早く書き記した直後――まるで示し合わせたかのように、全員の手がピタリと止まった。

（おいおい、こりゃ難問っつーか……）

（……この試験、最初から解かせる気がないわね）

（なるほど……。筆記で問われるのは、教科書の知識ではなく、自身の魔術的見地・解釈とい

うわけか……。さすがは名門第三魔術学園、実戦的な良問だな）

受験生全員が瞬時に出題者の意図を察する中、

「…………」

魔術的教養に欠けるエレンは、ただ一人、頭を悩ませていた。

しかし、その悩みの毛色は、他の受験生たちと大きく異なっている。

（……おかしいな）

彼が現在取り組んでいるのは、第一問――『下記の術式を起動した際、三次元上の魔力空間に起こり得る変化を示せ』というものだ。

（うーん、やっぱり上手《うま》くいかない……）

問題文に記された高等術式、それを魔眼の内部で再現しようと試みているのだが……何度やっても結果は不発。

この術式構成では、魔術が魔術として成立しないのだ。

それから頭を悩ませること十五分――エレンの脳裏に電撃が走る。

（……もしかして、問題文が間違っているんじゃないか？）

明らかに不完全な術式、刻一刻と迫る試験終了時間、未だ白紙の解答用紙。

もはやその路線で進めるしかなかった。

（えーっと、『第七節と第五十二節と第八十九節を上記のように書き換えれば、永久魔力回路は実現可能です』っと……。こんな感じかな？）

試験時間も残り少なかったので、エレンはサササッと次の問題へ移る。

しかしこのとき彼は、まったく気付いていなかった。

自分がとんでもない回答をしてしまっているということに……。

（――ふふっ。皆さんの魔術観《まじゅつかん》、独自の視点、新たな切り口を期待していますよ。……あぁ、明日の採点が待ち遠しいですね）

試験監督であるリーザス・マクレガーは、受験生たちがもたらすであろう新たな魔術の風に心を躍らせていた。

そもそもの大前提として、今年度の筆記試験は、解くことを期待されていない――もっと正確に言うならば、最初から解ける難易度に設定されていない。

それもそのはず、今回出された問題は、『永久魔力回路の実現可能性』・『ロックス・フォーレンの最終予想』・『白道の鏡輪《きょうりん》現象とその不可逆性』・『純粋魔術理論の限界収斂《しゅうれん》予測』など……長い魔術の歴史の中で、未だ証明されていない命題ばかり。

このテストは、解のない問題や予想に対し、受験生がどのように臨むのか――その新規性・独自性を見るのが目的なのだ。

そして、実技試験をパスした優秀な受験生たちは、この出題者の意図を正確に汲《く》み取り、これまで培《つちか》ってきた魔術の粋《すい》を解答用紙にぶつけている。

王立第三魔術学園の目論見《もくろみ》は、概《おおむ》ね成功しているように思えたのだが……。

そこには一つだけ、誤算があった。

受験生の中に、『解けない』という大前提を覆《くつがえ》す『異常』が紛れ込んでいたのだ。

それは千年前に魔術界の頂点に君臨し、ありとあらゆる不可能を成し遂げてきた魔王――その寵愛を受けた異端児。

ありとあらゆる魔術的現象を見極め、瞬時にその解を導き出す、『史上最悪の魔眼』を持って生まれた忌子。

（えー……『上記のように根本術式を組み直すことで、ロックス・フォーレンの最終予想は成立します』っと。よし、次の問題！）

歴史上の大魔術師たちが、その生涯を費やしてなお解明できなかった世紀の難問の数々。

エレンはそれをまるで簡単な算式であるかのように、すらすらと解き明かしていくのだった。

第四章……王立第三魔術学園

今日は伝統と格式ある王立第三魔術学園の入学式。

全校生徒約五百人と非常勤を含めた全教員が、学園中央部の大講堂に集結していた。

(さてさて、私の生徒会にふさわしい新入生はいるかしらね……)

(むむっ、あちらの少女は……魔具師《まぐし》の大家《たいか》アーノルド家の御息女《ごそくじょ》か！　いやぁ、少し見ぬ間に大きくなられたものだ。ぜひうちの研究室に欲しいですな！)

(あら……あらあら!?　もしかしてあの子……ローゼスの末裔じゃないかしら!?　噂に聞く、『呪蛇の契り《ちぎ》』、ぜひこの手で調べたいわねぇ！)

(『赤道の申し子』ドランバルト、『神明流《しんめいりゅう》の麒麟児《きりんじ》』ジュラン、『聖王学院の俊傑《しゅんけつ》』ガイウス。ほっほっほっ、この世代は近年まれに見る豊作ですなぁ！　あちらこちらと目移りしてしまうわい！)

上級生や教員たちは皆、新入生の『品定め』に躍起《やっき》になっていた。

ある者は、優れた魔術論文を発表し、教授の座を射止めるため。

ある者は、強い魔術師を部内に引き込み、全国優勝を果たすため。

ある者は、まったく新しい魔術理論を提唱し、魔術界にその名を轟かせるため。

それぞれの野望を果たすためには、有望な魔術師《しんにゅうせい》の確保が必要不可欠。

この入学式は新入生を祝う場であると同時に、熾烈《しれつ》なヘッドハンティングの舞台でもあるのだ。


大勢の魔術師が、若き新鋭たちを注意深く観察する中――その注目を最も集めているのは、過酷な入学試験を首席で突破した最優秀生徒、すなわち『新入生代表』。

学園中の視線を受けながら、壇上で挨拶を読み上げているのは――。

「こ、こ、こ、これで挨拶を終了させていただきたく思います。し、新入生代表エレン」

がっちがちに緊張したエレンだった。

(うぅ、どうしてこんなことに……っ)

今より遡《さかのぼ》ること一週間ほど前――。

エレンとヘルメス、その他数名の使用人が、優雅に朝食を囲んでいると、

「た、たたた大変っすー！　来ました来ました！　ついに届きましたよ！　エレン様の『合否通知』が！」

正門の掃除をしていたティッタが、大慌てで食卓へ飛び込んできた。

その手に握られているのは、王立第三魔術学園の公印が押された分厚い茶封筒。

朗《ほが》らかな食事処に大きな緊張が走る。

「そ、それじゃ、開けますね……？」

一同が固唾《かたず》を呑んで見守る中、エレンはそっと封筒を開く。

するとそこには――『合格』と記された通知書が入っていた。

「や、やった……！」

彼が歓喜の声を上げると同時、パチパチと温かい拍手が送られる。

「おめでとう。この短い期間で本当によく頑張ったね、エレン」

「さすがはエレン様、たった一か月で王立に受かるなんて、半端《はんぱ》ないっす！　そんなこと普通できないっすよ！」

「合格、おめでとうございます」

「この私の教えを受けているんですから、当然の結果と言えるでしょう」

ヘルメス・ティッタ・リン・シャルは、それぞれの言葉で祝意を送り、

「ありがとうございます！」

エレンは万感の思いを噛み締め、満面の笑みで応えた。

（やった、やったぞ……っ）

彼にとっては、人生初とも言える成功。

途轍もない幸福感に包まれていると――合格通知書の入っていた封筒から、質のいい羊皮紙がヒラリと落ちた。

「あり、なんか落ちたっすよ？」

ティッタはそれをヒョイと拾い上げ、そこに記された文章を読み上げる。

「えーっと何々、『エレン殿。貴殿は当学園の第百次入学試験において、大変優秀な成績を修められ、首席合格者となりました。つきましては、新入生代表として、入学式の折に登壇していただきたく存じます』……」

一瞬の沈黙の後、歓喜の渦が巻き起こる。

「て、天才っす……！　エレン様は世紀の天才魔術師っす！」

「さすがはエレン様。まさか首席で合格なされるとは……感服《かんぷく》いたしました」

「あの王立で首席合格……!?　ま、まぁまぁと言ったところですね……っ。別に悔しくなんかないですよ？　えぇ、私でもきっと楽勝ですから……多分」

興奮したティッタ、誇らしげなリン、微妙に悔しそうなシャル――三者三様の反応で、エレンの首席合格を喜んだ。

しかし……。

「いやでも、俺なんかが新入生代表だなんて……」

当の本人は非常に困惑していた。

幾分明るくなったものの、長年の物置小屋生活によって、エレンの自己肯定感は未だ非常に低い。自分の如き矮小《わいしょう》な存在が、名門魔術学園の新入生代表を務めるのは、恐れ多いことだと思ったのだ。

「エレン、あまり自分を卑下し過ぎちゃ駄目だよ？」

「で、ですが……っ」

「心配しなくても大丈夫、王立第三魔術学園はそんなに怖いところじゃない。まだ見ぬ温かい友人と優しい先生が、君のことを待っているんだ！　それに、新入生代表の挨拶を任されるなんて、一生に一度あるかどうかの機会だし、とても名誉なことだよ？　ここはちょっと勇気を出して、チャレンジしてみるのもいいんじゃないかな」

ヘルメスに優しく諭されたエレンは、しばらく考え込み――決断を下す。

「……わかりました……。新入生代表の挨拶、やってみようと思います！」

そして現在――エレンは当時の判断を悔いていた。

（あぁ、やっぱり断ればよかったなぁ……）

それというのも……周囲の視線が、思っていたよりも遥かに厳しかったのだ。

「あんな覇気のねぇ男が、今年の首席ぃ……？　おいおい、冗談はよしてくれよ」

「んー……正直、彼からは大した魔力を感じないね。何かの間違いじゃないかな？」

「噂によれば、あの新入生代表は、百回の歴史を誇るうちの入学試験で、唯一の『満点合格者』らしいぞ。なんでも一部の教師からは、不正を疑う声が上がっているとか……」

上級生と教師陣の冷ややかな視線を受けながらも、なんとか無事に新入生代表の挨拶をやり切ったエレンは、疲れ切った様子で壇上から降りるのだった。

入学式が恙《つつが》なく終わり、新入生は各自の教室へ移動していく。

王立第三魔術学園に入学した生徒は、入学試験の成績によって、特進科のA組と普通科のB組に分けられる。

首席合格を果たしたエレンは、もちろん特進科だ。

（えーっと……A組の教室は、本校舎一階の突き当たりだったよな？　いやでもその前に、せっかくだからトイレに行っておこう）

朝のホームルームにはまだ時間があったので、近くの男子トイレで軽く用を済ませた。

綺麗な洗面所で手を洗ったエレンは、正面の大きな姿見で身だしなみを整える。

（えへへ。やっぱりここの制服、ちょっとかっこいいなぁ……）

王立第三魔術学園の男子用の制服は、上は臙脂《えんじ》色を基調としたブレザー、下はシンプルな黒のズボン。

これらは激しい戦闘にも耐えられるよう、特殊な繊維で織られており、耐久性は抜群。そのうえデザイン性にも富んでおり、男子生徒からの評判はかなり高かった。

（それにしても、全然違和感がない……。こんな簡単に魔眼を隠せるなんて、本当に凄い魔具

だなぁ）
現在、エレンの左眼には、超極薄の『レンズ』が装着されている。これはヘルメスが高位の隠匿術式を施した特別な魔具で、ほとんど全ての探知魔術から、史上最悪の魔眼を隠してくれるという優れものだ。
（トイレも済ませたし、身だしなみも整えた。あとは……そうだ。ちゃんと『約束』を守らないとな）
エレンは登校前に、ヘルメスと交わした約束を反芻《はんすう》する。
一、魔眼については秘密にすること。
一、ヘルメスの姓を語らないこと。
一、学園生活を全力で楽しむこと。
三つの約束事をしっかりと頭に叩き込んだ彼は、まだ見ぬクラスメイトたちの待つ、一年A組の教室へ向かった。

（俺の席は……あそこだな）

教室に入った彼は、黒板に張られた座席表を確認し、部屋の最奥《さいおう》にある窓側の席に腰を下ろす。

（……やっぱり、見られてる、よな……）

恐る恐る周囲を見回せば――露骨にジッと見つめる者、こっそりと横目で窺《うかが》う者、睨み付けるような視線を送る者、クラス中の注目がエレンに集まっていた。

当然ながらこれは、決して『いい注目』ではない。

どちらかと言えば、敵対心や悪感情の入り混じった『悪い注目』だ。

それもそのはず……ここにいる一年A組の生徒は皆、幼少期から天才と持て囃《はや》されてきた魔術師ばかり。

エレンとは対照的にひたすら褒められて育った彼らは、人並み以上に自尊心《プライド》が高く、『我こそが王立の首席を取らん！』と息巻いていたのだが……。

蓋《ふた》を開けてみれば、どこの馬の骨とも知れぬ無名の輩《やから》に、栄光の『首席合格』の座を掻《か》っ攫《さら》われてしまった。

当然、面白いわけがない。

（ヘルメスさんの言っていた、『友達との楽しい学園生活』……。なかなか、大変そうだなぁ……）

エレンがこの先の未来に不安を感じていると、

「――久しぶりだね、エレン」

背後から、鈴を転がしたような綺麗な声が響く。

振り返るとそこには、純白の美少女が立っていた。

「え、えっと……？」

「あれ、覚えてない？　入学試験のとき、ダール先生のテストを一緒に受けていたんだけれど」

「……あっ、あのときの」

脳裏をよぎったのは、素晴らしい剣術で一次試験を突破した、純白の女剣士。

「思い出してくれた？　私はアリア・フォルティア、よろしくね」

アリア・フォルティア、十五歳。

透き通るような純白の髪は、正面から見ればショートに見えるが、後ろで纏められているため、実際はロングヘアである。身長は百六十センチ・澄んだ紺碧の瞳・新雪のように白い肌・ツンと上を向いた胸・ほどよくくびれた腰・スラッと伸びた肢体、百人が百人とも振り返るような絶世の美少女だ。

赤と白を基調としたブレザーに落ち着いたチェック柄のミニスカート、王立第三魔術学園の女子用制服に身を包んでいる。

「自分はエレンです。よろしくお願いします、アリアさん」

「同い年だし、アリアでいいよ。それと敬語もいらないかな」

「え、えっと……それじゃアリア……？」

「うん、よろしくね」

簡単な挨拶を交わしたところで、アリアはエレンの一つ隣の席に腰を下ろした。

「同じ一次試験を受けて、同じクラスで隣の席……。ふふっ、なんだか凄い偶然だね」

「あはは。言われてみれば、確かにそうだな」

「でもまさか、エレンが首席合格だとは思わなかったよ」

「うん、それは俺もビックリした」

ちょっとした冗談を交わし、和《なご》やかな空気が漂う中――アリアはエレンのもとへ近付き、その耳元で問い掛ける。

「ねねっ、あのときのアレ、いったい何をしたの？」

「え、えっと、何が……？」

質問の意味がわからず、エレンは小首を傾げた。

「ほら、入学試験のとき、キミは『白道の一・閃』を使ったでしょ？　あんな弱い魔術じゃ、鉄壁のダールの魔力障壁は絶対に突破できない。何かネタがあるはず」

「あぁ、あれのことか」

特に隠す必要性も感じなかったので、あのときのことを全てそのまま語ることにした。

「ダールさんの魔力障壁は、確かにとても強力だったけど……。あれには、『規則的な波』があった。強い波と弱い波が交互に打ち寄せた後、ほんの一瞬だけ無の時間が生まれる。その『凪の刹那』に閃を差し込んでみたんだ」

その回答を聞いたアリアは、スッと眼を細めた。

「へぇ……。魔力障壁が視えるなんて、とてもいい眼をしているんだね」

「えっ、いや……ま、まぁね」

魔眼については秘密にすること。

ヘルメスとの約束があるため、エレンは咄嗟に誤魔化《ごまか》した。

しかし、悲しいかな。

彼は根っこが純粋なため、嘘や誤魔化しの類が人並み以上に下手くそだった……。

そうしてエレンが右へ左へと眼を泳がせていると、

「……ねぇ、ちょっとよく見せてよ」

アリアは突然グッと体を寄せ、彼の瞳を真っ直ぐに覗き込んだ。

(い、いいにおい……いやそれよりも近い……っ)

お互いの吐息が掛かる距離。

エレンの鼓動は、かつてないほどに速くなった。

「うーん……反応なし。これは『ハズレ』、かな?」

「あ、アリア、さん……?」

「あっごめん、なんでもない。気にしないでちょうだい」

二人がそんなやり取りをしていると、教室の扉がガラガラと開き――ふくよかな体躯の巨漢が、のっそのっそと入ってきた。

「――おっほん、吾輩はダール・オーガスト。今年度の一年A組の担任である。専門は白道、特に防御術が得意である。皆、よろしく頼む」

教壇に立ったダールがペコリと頭を下げると、各所からざわめきが起こった。

「おいおい。うちの担任、あの『鉄壁のダール』だぞ……っ」

「超有名人じゃん、なんか興奮してきたな……っ」

誰もが知る有名魔術師の登場に、生徒たちのモチベーションは大きく跳ね上がった。

「それではこれより、朝のホームルームを始めるのである。今日は記念すべき第一回ということなので、本学園の規則などを説明していく。既に知っている情報も多いと思うが、静かに聞いて欲しいのである」

そうしてダールは、王立第三魔術学園の総則を語り始めた。

まず一つは、寮制度について。

王立第三魔術学園は全寮制であり、ここに入学する生徒は全員、学園の敷地内にある学生寮に転居しなければならない。

当然エレンもその例に漏れず、ちゃんとヘルメスの屋敷から引っ越している。

その他には、学生同士の死闘厳禁・一部魔術の使用制限・侵入禁止の研究室などなど……様々なルールが周知された。

「さて、ホームルームはこれにておしまい。その他の細かな学則については、配布された生徒手帳を参照して欲しいのである」

そうして話を結んだダールは、パシンと手を打ち鳴らす。

「一限の授業は、ケインズ先生による基礎魔力講座。皆、魔術教練場へ移動するのである！」

エレンたち一年A組の生徒は、魔術教練場へ移動し、ケインズ・ベーカーの前に整列する。

「――諸君、おはよう。私はケインズ・ベーカー。誇り高きベーカー家が長子にして、王立第三魔術学園における基礎魔力講座を担当する者だ。以後、よろしく」

ケインズ・ベーカー、二十八歳。

オールバックにした金色の髪、身長は百八十センチ、鋭くつり上がった瞳に鷲《わし》の口ばしのような鼻が特徴的な線の細い男だ。

豪奢な服を身に纏う彼は、五爵の一つ『伯爵』の地位をいただく貴族でもある。

「私の授業では、普段蔑《ないがし》ろにされがちな『基礎魔力量の向上』を最終目的とする」

彼は早速、講義を開始した。

「近年、多くの魔術師たちは、高難度の魔術をどれだけ速く展開できるかに心血《しんけつ》を注いできた。が……私から言わせてみれば、それは真実『愚かの極み』である。基礎魔力の向上がどれほど有意義であるか、まずはそれを諸君らに見せてやろう」

ケインズがパチンと指を鳴らすと同時、魔術教練場の中央部にふわふわと浮かぶ水晶玉が現れた。

「この水晶玉は魔晶石を加工した特殊な魔具だ。これに魔力を流せば、内部に組み込まれた結界術式が起動する。ちょうどこのように、な」

ケインズは水晶玉に左手を載せ、そこに魔力を込める。

すると次の瞬間、彼の前方に十層の積層結界が展開された。

「注ぎ込んだ魔力量と生成される結界の数は比例する。すなわち、注ぎ込む魔力量が多ければ多いほど、生み出される結界の数も増えていくというわけだ。――さて、今からこの魔具を使用して、簡単な実験を執り行う。その結果を見れば、いかに基礎魔力量が大切なのか、ようく理解できるだろう」

彼はそう言って、生徒たちのほうへ目を向ける。

「この実験には、私の相手を務める魔術師が必要となるのだが……。せっかくなので、新入生代表に手伝ってもらうとしようか。――エレン、前に出なさい」

「は、はい」

言葉の節に棘を感じながらも、一歩前へ踏み出した。

「ふむ、なるほどなるほど……」

ケインズはその鋭い目をさらに尖らせ、エレンの爪先から天辺《てっぺん》まで、品定めでもするかのようにジーッと観察する。

その視線には、敵意と侮蔑《ぶべつ》――明らかな負の感情が含まれていた。

それもそのはず……ここにいるケインズこそが、『入学試験におけるエレンの不正行為』を最も声高に主張する教師なのだ。

ケインズ・ベーカーは純粋な血統主義かつ強い選民思想の持ち主で、貴族の生まれではない魔術師を『ドブネズミ』と見下している。

そんなドブネズミが《エレン》、伝統と栄誉ある王立第三魔術学園の入学試験において、『満点合格』を果たしたという事実。

彼にはそれがどうしても受け入れられなかった。

否《いや》、そもそも受け入れる気がなかった。

未だ確たる証拠こそ上がっていないが、なんらかの不正行為があったに違いない――最初からそう確信しているのだ。

（……これだけ至近に迫っても、エレンからはまるで『圧』を感じない……。私の睨んだ通り、やはりこのドブネズミは大した魔術師ではないな。なんらかの手段を用いて、入学試験の結果を改竄《かいざん》したのだろう）

ケインズは小さく頭《かぶり》を振り、重たいため息を零す。

（しかし、これほど明らかな不正入学を見逃すとは……天下の学園長殿も耄碌《もうろく》されたものだ。……仕方あるまい。この私が手ずから、正義の鉄槌《てっつい》を下してやろう）

強い義憤《ぎふん》に駆られた彼は、当初の予定通り、『公開処刑』の実施を決めた。

「これから私とエレンで、ちょっとした実験《ゲーム》を執り行う。ルールは至ってシンプルだ。お互いに所定の位置――相対するスタートポジションに立ち、開始の合図と同時に水晶玉へ魔力を込め、前方に向けて積層結界を展開。その物量を以って、相手を動かしたほうの勝利。まぁ早い話が、『結界を使った押し相撲』だな」

「なるほど……」

まさかこれが自分を辱《はずかし》めるためのものだとは露知らず、エレンは真剣にその話を聞く。

「このゲームに勝つポイントは一つ。どれだけ多くの積層結界を展開し、相手を強烈に圧迫できるか、だ。つまり――わかるだろう？」

「えっと、基礎魔力量の大きいほうが勝つ、ということですか？」

「その通りだ」

ケインズはコクリと頷いた後、たった今思い出したとばかりに手を打つ。

「っと、そう言えばエレン。君は歴代の首席合格者の中でも、飛び抜けて優秀な成績だったそうじゃないか」

「あっ、いや、それはたまたまでして……っ」

「ははは、謙遜はよしたまえ。私はこれまで何人もの首席たちとこのゲームに興じてきたが、彼らは皆凄腕ばかりだったぞ？　歴代最高の首席であるエレンとの勝負、さぞ素晴らしいものになるだろう！　――まさか開始と同時に吹き飛ばされ、無様な醜態を晒《さら》すことなど、決してありはしないだろうねぇ」

ケインズは底意地の悪い笑みを浮かべ、大袈裟な手振りで雰囲気を煽《あお》った。

「ちなみに言っておくと、私が一秒間に展開可能な積層結界は――『三十万枚』！　もちろん、学生を相手に本気を出すつもりはないが、参考程度に覚えておくといい」

　彼は誇らしげな表情でそう言うと、エレンに水晶玉の一つを手渡した。

「さぁ、所定の位置へ――そうだな、あの白線の上に立ちたまえ」

「わ、わかりました」

　エレンは指示された場所へ移動し、両者の距離は十メートルほど開いた。

（くくっ、これでこのドブネズミはもう終わりだ。クラスメイトたちの前で赤っ恥を掻けば、二度と学園には来られないだろう）

　ケインズが悪意を滾《たぎ》らせる中、

（この水晶玉を手に持って、先生の合図と同時に、魔力を込めればいいんだよな……）

　真面目なエレンは、先ほどの説明を静かに反芻していた。

「さて、準備はいいかね？」

「はい。多分、大丈夫だと思います」

「よろしい。それでは――始め！」

　合図と同時、エレンとケインズは素早く動き出す。

（水晶玉に魔力を込める……！）

（ふはははっ、我が三十万の威力を見、よ……？）

刹那、ケインズの視界を埋め尽くしたのは『漆黒の壁』。

優に数千万を超える超多重積層結界――すなわち、圧倒的な数の暴力だった。

「こ、こんな馬鹿なことが……へぶッ!?」

桁違いの物量に押し負けたケインズは、遥か後方へ吹き飛び、教室の壁に全身を強く打ち付けた。

「だ、大丈夫ですか、ケインズ先生!?」

エレンは顔を真っ青に染め、大慌てで駆け寄るが……。

「ぁ、が……っ」

ケインズは白目を剝いたまま、ぶくぶくと泡を吹いていた。

それから一拍遅れて、他の生徒たちが駆け付ける。

「お、おい……ケインズ先生、完全に失神しているぞ!?」

「誰か、保健室の先生を呼んで来い！」

数分後――生徒たちの前で一生ものの赤っ恥を搔かされたケインズは、保険医の持ってきた担架に乗せられて、学外の病院へ運ばれていくのだった。

第五章……………決闘

記念すべき第一回目の授業で、担当教師を病院送りにしてしまったエレンは、がっくりと肩を落とす。

(あぁ、やってしまった……)

新入生代表の挨拶で思いの外悪目立ちしてしまったため、当面の間は静かな学園生活を、と考えていたのだが……。

その目論見は、開幕早々に崩壊した。

「しっかし、わかんねぇな。結局エレンは、凄《すげ》ぇ奴なのか?」

「んー、まだなんとも言えないわね。単純にケインズ先生が、無能過ぎただけかも……」

「いやでもよぉ、『第三』の教師を圧倒する魔力量って……正直、ヤバくね?」

「うーん……彼の評価は、ひとまず保留ね」

クラスメイトたちは、遠目からエレンの様子を窺い、何かをヒソヒソと話している。

とにもかくにも、担当教員が不在になってしまったため、一限の授業は自習となったのだ。

それからしばらくして、二限の授業が始まる。

「――皆さん、まずは当学園への御入学、おめでとうございます。私はミレーユ・アンダーソン。担当教科は黄道、その中でも特に高速移動系統の術式を専門にしております」

ミレーユ・アンダーソン、三十歳。

茶色の髪を後ろに流したロングヘア、身長は百七十センチ。

かなり独特なファッションセンスをしており、派手な黄色のドレスと首元に巻かれた螺旋《らせん》状のストールが、遠目からでも非常に目立つ。

「これから一年間、皆さんには『実戦的な魔術』をみっちりと学んでいただきます。私の授業は、基本的に実戦を想定したものなので、ほとんど教室内での講義はありません。今後特に連絡のない場合は、必ず校庭に集合するようにしてください」

連絡事項を伝えた彼女は、早速授業を開始する。

「近代魔術戦において『機動力』は、非常に重要な役割を担っております。ここで言う機動力とはすなわち、空中浮遊・高速移動・緊急回避の基本三技能。これらを抜きにして、実戦を語ることはできません」

ハキハキとしたいい声が、校庭に響き渡る。

「本日はこのうちの一つ、空中浮遊について学びを深めていきます。それでは皆さん、私の後に続いてください。――黄道の十二・天昇《てんしょう》」

ミレーユが魔術を発動させると同時、彼女の体が大空へ浮かび上がった。

その直後、

「「「――黄道の十二・天昇」」」

Ａ組の生徒たちが、当たり前のように天高く飛び上がっていく。

そんな中、

「……えっ……？」

まだ黄道の十二番を習っていないエレンは、一人地上に取り残されてしまった。

「さて、今から私が『白道の一・閃』を大量に放ちます。皆さんはそれを空中に浮かんだ状態で、回避してくださ……って、そこのあなた、いったい何をやっているのですか？　早くこちらへ上がって来なさい」

ポカンと空を見上げるエレンに対し、ミレーユが注意を飛ばす。

「す、すみません……っ。ですが俺、飛べないんです……」

「飛べない？　どうしてですか？」

「それはその、まだ黄道の十二番を習っていないので……」

「…………は？」

ミレーユは、思わず素《す》っ頓狂《とんきょう》な声を上げてしまう。

王立第三魔術学園は、超が付くほどの名門校。

その難関極まる入学試験を突破してきた学生が――それも新入生代表を勝ち取った最優秀生徒が、まさか黄道の十番台という低級魔術を使えないとは、夢にも思っていなかったのだ。

エレンの申告に驚いたのは、ミレーユだけではない。

「おいおい、どういうことだ？」

「こんな簡単な魔術も使えないなんて……ちょっとおかしくない？」

「あぁ、そんな魔術技能じゃ、首席合格なんて絶対無理だ。つーかそもそも、合格すら難しくね？」

「やっぱり不正入学の噂は、本当だったんじゃ……」

「いやでも、さっきはケインズ先生を一方的にボコってたし……あー、もうわからん」

圧倒的な魔力量でケインズを打ち負かしたかと思えば、基礎的な黄道さえ使えないという、チグハグ具合。

クラスメイトの間で、エレンに対する様々な憶測が飛び交った。

「まさか空中浮遊さえできない生徒がいるとは……。まぁ、嘆いていても仕方がないですね。あなたはこの時間、こちらの教科書に目を通し、黄道の十二番の術式構成を勉強してください。いいですね？」

「は、はい、わかりました……」

それからエレンは、校庭の隅へ移動し、一人寂しく教科書を読む。

（……楽しそうだな……）

ふと顔を上げれば、クラスメイトたちが、大空を自由に飛び回っていた。

（……とにかく、早くみんなに追いつけるように頑張らなきゃ）

彼はぶんぶんと頭を振り、しっかりと気持ちを切り替え、黄道の基礎術式を学んだ。

そうして迎えた三限目。

本来この時間は、ダールが教鞭《きょうべん》を取り、白道の授業を実施する予定だったのだが……。

「皆の衆、大変申し訳ない。何故《なぜ》か吾輩、つい先ほど急に学園長から呼び出しを受けてしまったのである。今日の授業は自習――というのは、さすがに無責任なので、簡単な課題を出しておく」

彼は頭を素早く回転させ、一年生に適した自習内容を捻り出す。

「近くのクラスメイトとペアを組み、白道の一番から十番を無詠唱で発動、その展開速度を競うのである。負けた生徒へのペナルティは……そうであるなぁ。放課後に外周十周、こんなところか。では、失礼するのである」

最低限の指示を出したダールは、足早に学園長のもとへ向かった。

「あーあ、ダール先生の授業、楽しみにしてたのになぁ……」

「しゃーねーべ。それよかほれ、さっさと課題をやろうぜ！　負けたほうは外周十周に追加して、昼飯おごりな！」

「へっ。その勝負、乗ったぜ！」

「ねぇねぇ、私とペアになってくれない？」

「えぇ、もちろん！」

周りのクラスメイトたちが、次々にペアを作っていく中――エレンはポツンと取り残されてしまう。

（は、早く……誰か組んでくれる人を探さないと……っ）

焦燥感《しょうそうかん》に駆られた彼が、キョロキョロと周囲を見回していると、

「――エレン」

背後から、自分を呼ぶ声が聞こえた。

「あっ、もしかして君も余っちゃ――」

エレンが元気よく振り返った次の瞬間――漆黒の球体が顔の真横を通り過ぎ、頬の薄皮を浅く斬り裂く。

（………攻撃、された？）

その事実を理解するのに、少しばかりの時間が必要だった。

「えっと……あの……？」

眼前に立つのは、強い敵意を放つゼノ・ローゼス。

入学試験の成績は、エレンに次ぐ第二位。首席の座を逃してしまった男だ。

「なぁエレン……てめぇみたいな無能が、どうして新入生代表なんだ？」

「それは……何故でしょう？」

むしろ自分が聞きたいぐらいだった。

「俺はよぉ、どうしても新入生代表にならなきゃいけなかったんだ。……わかんだろ？　『交渉権』が必要なんだよ」

「……？」

新入生代表に与えられる権利――『学園長との交渉権』。

当該権利を有する生徒は、所属する学園の長《おさ》たる者と折衝《せっしょう》し、なんでも一つお願いを聞いてもらえるのだ。

王立魔術学園の学園長は、広大な社会的影響力と途轍もない権力を有しており、ほとんど全ての希望はたちまちのうちに実現してしまう。

もちろんそこには、『魔術教会の定める倫理規定に反しないもの』という条件事項が設定されているものの……。魔術師の倫理観はガバガバであり、よほど悪質なものでなければ、まずもって拒否されることはない。

ゼノは喉から手が出るほど、この交渉権を欲していた。

一方、純粋に友達との楽しい学園生活を送りたいだけのエレンは、そんな権利のことなど、ほとんど気にも留めていない。

「王立第三魔術学園総則、第二十一条三項――『交渉権を有する同学年の生徒と魔術戦を行い、それに勝利すれば、当該権利を奪い取ることができる』。ここまで言えば、わかるよなぁ？」

「それってもしかして……」

『決闘』だ。てめぇを半殺しにして、交渉権を奪い取る！」

力強い宣言と同時、ゼノの体から邪悪な魔力が湧き上がる。

「ちょっ、待ってください！　別にそんなことをしなくても、交渉権が欲しいのなら、ゼノさんにあげま――」

「つべこべ言わず、さっさと構えろ！　――黒道の三十三・黒扇《こくせん》！」

右手が振るわれると同時、漆黒の扇が凄まじい速度で解き放たれた。

「……ッ!?」

エレンは大きくバックステップを踏み、なんとかそれを回避する。

「ひゅーっ！　新入生代表とローゼス家の末裔がやり合うぞ！」

「これはかなりの好カードね……必見だわ」

「ゼノは同学年の中でもトップクラスの実力を持つ……。これでようやく、エレンの本当の力がわかるな」

クラスメイトたちは、二人の決闘を止めるどころか、楽しそうに観戦し始めてしまった。

しかしこれは、別に彼らが悪いわけではない。

魔術師の常識に照らせば、術師同士の決闘は一般的なものであり、両者の間に絶対的な力量差がない限り――それが一方的な私刑《リンチ》になり得ない限り、止める必要はないとされているのだ。

（はぁ……やるしかない、か……）

敵意に満ちたゼノ、盛り上がるクラスメイト――もはや説得は不可能と判断したエレンは、仕方なく戦う意思を固めた。

「それでは……いきますよ？」

「さっさと来ぉい！」

両者の視線が激しく交錯《こうさく》する中、エレンは素早く術式を構築。

「青道の一・蒼球」

透明度の高い水の球が、ゼノを取り囲むようにフワフワと浮かび上がる。

それを目にした彼は、瞳の奥に憤《ふん》怒《ぬ》を滾らせた。

「てめぇ……そりゃ舐めてんのか？」

自分に向けられる魔術が、まさかこれほど低レベルなものだとは、想像だにしていなかったのだ。

「俺はいつだって本気ですよ。――白道の一・閃」

続けざまに唱えられたのは、最弱の攻撃魔術『白道の一』。

眩い光を放つ魔力が、ひたすら真っ直ぐに突き進む。

「……そうか。そんなに死にてぇのなら、お望み通りにしてやるよ！」

ゼノは怒声を上げながら、迫り来る閃光を左手で叩き落とさんとする。

しかし次の瞬間、閃は四方八方に拡散。

「なっ⁉」

散り散りになった光線は、周囲の蒼球に乱反射を繰り返し、ゼノの全身へ襲い掛かる。

（これは属性変化と形態変化か……ッ）

エレンは蒼球の属性を白道へ変え、光の反射率を大幅に向上。そこへ形態変化させた拡散性の閃を放ち、回避の難しい『指向性のない多重攻撃』を実現させたのだ。

「うざってぇなぁ、おい――黒道の三十・闇曇神樂《あんどんかぐら》！」

ゼノの全身を覆うようにして、濃密な闇が吹き荒れる。

凄まじい魔力の込められた『黒』は、乱反射する閃と周囲の蒼球をいとも容易く破壊した。

「はっ、精一杯工夫したつもりか知らねぇが……所詮、曲芸の域を出ねぇな。言っちまえば、『弱者の戦い方』だ。そんなんじゃ、天地がひっくり返っても、この俺には勝てね……あ？」

そこで彼は、とある異変に気付く。

（……蒼球が、消えてねぇ……？）

先ほどしっかりと潰したはずの蒼球が――その残滓《ざんし》とも呼べる細かい霧状の粒が、周囲に薄《う》っすらと立ち込めているのだ。

（ほんの僅かにエレンの魔力を感じる……。だが、こんな粉でいったい何をするつもり……待てよ、『粉』⁉）

気付いたときには、もう遅かった。

「──赤道の三・蛍火《ほたるび》」

「こ、の、野郎……ッ」

エレンの繰り出した小さな炎は、美しい弧を描きながら宙を舞い──周囲に満ちた粉へ引火。

凄まじい速度で燃焼が伝播《でんぱ》していくその現象は、『粉塵《ふんじん》爆発』。

灼熱の波動が大気を打ち鳴らし、耳をつんざく爆音が学園中に轟いた。

「きゃぁ!?」

「エレンの野郎、マジか……っ」

「いったい何が起きてんだよ!?」

「オイオイオイ、あいつ死んだわ……っ」

A組の生徒たちは、その場に深くしゃがみ込み、強烈な爆風をなんとかやり過ごす。

そんな中、

(うーん、ちょっとやり過ぎちゃったかなぁ……)

エレンは不安げな表情で、ポリポリと頬を掻く。

彼は手元から離れた蒼球を遠隔操作し、その属性を燃えやすい緑道へ、さらにその形態を液体から粉末状へ変化。そこへ蛍火を放《ほう》ることで、大爆発を引き起こしたのだ。

それから少しの間、燃え上がる爆炎を眺めていると──前方から一陣の突風が吹き、見るからに疲弊した様子のゼノが現れた。

「はぁはぁ……っ」

爆発の瞬間、防御魔術が間に合わないことを悟った彼は、咄嗟の判断で自身の魔力障壁を最大強化。全身から膨大な魔力を解き放ち、爆風のダメージを軽減したのだ。

「あ、あの……大丈夫で——」

「——ぶち殺す」

物騒な返答の直後、ゼノの陰から七匹の狼が生み出される。

「黒道の三十七・陰狼円舞《かげろうえんぶ》！」

漆黒の軍勢は、鋭い爪と牙を剝き出しにして、エレンのもとへ殺到。

「うわっととと……っ」

彼は大きく後ろへ跳び下がりつつ、新たな魔術を展開する。

「——青道の四・無色沼《むしきぬま》」

次の瞬間、七匹の狼の足元に極小の底なし沼が発生し、彼らの動きを完全に封殺。

「一番台のゴミ魔術で、俺の三十番台を……っ」

魔術の原則は等価交換。

エレンは展開する沼の面積を極小サイズに絞ることで、通常では考えられない深度を実現したのだ。

「さっきから低級魔術ばっかり使いやがって……っ。人を虚仮《こけ》にするのも大概にしやがれ！」

「い、いえいえ、ゼノさんを馬鹿にする意図はありませんよ……!?　俺の実力じゃ、簡単な魔術しか使えないだけです！」

エレンが魔術の修業を始めたのは、今より僅か一か月前。魔術師的にはひよっこもひよっこ、『駆け出し』と表現することさえ憚《はばか》られるほどの初学者だ。

そうなれば必然、使用できる魔術の種類も、同学年の術師と比較すれば雀《すずめ》の涙。

具体的には、適性ありとされた白道と無理強いされた青道が十番まで、他の属性については一番から五番しか使えない。

しかしこれでも、一か月という極々短い修業期間を考慮すれば、驚異的な成長速度だ。

一方のゼノはこれまでの人生、そのほとんど全てを魔術の研鑽に費やしてきた。

天賦の才能を持って生まれた彼は、適性の高い黒道ならば、五十番台の高位魔術さえ無詠唱で行使できる。

両者の魔術師としての実力差は、海よりも深く山よりも高い……はずなのだが……。

「――黒道の三十九・覇弓衝《はきゅうしょう》！」

「――白道の五・雲鏡《くもかがみ》」

現在の戦況は完全に互角――否、『消費魔力』と『削り』の観点から見れば、むしろエレンのほうが押していた。

（はぁはぁ、くそったれ……っ。この俺が、こんな弱そうな奴に……ッ）

ここまで強力な魔術を連発してきたゼノは、魔力の消耗が激しく、見た目以上に追い詰められている。

そのうえさらに、精神的にも削られていた。

「赤道の四・火焔朧《かえんおぼろ》」

「ちぃっ……（くそ、今度はなんだ……こいつはいったい、どんな攻撃なんだ!?）」

エレンの魔術は、まさに変幻自在。

型にはまらない柔軟な発想から繰り出されるのは、属性変化と形態変化で魔改造された『未知の魔術』。

次から次へと襲い掛かってくる攻撃に対し、ゼノは後手《ごて》に回らざるを得なかった。

しかもそれだけではない。

エレンは次手《じて》の組み立ても巧みだった。

「緑道の一・草結び」

「なっ、しまっ!?」

新緑の輪《わ》がゼノの足を取り、

「黄道の四・紫電《しでん》」

「が、は……ッ」

紫の稲光《いなびかり》がその胸を穿つ。

エレンの展開する魔術は、決して単発で終わることなく、次の攻撃の伏線になっている。

息もつかせぬ波状攻撃により、ゼノは着実に追い詰められていった。

「お、おいおい……。あのローゼスの末裔が、完璧に押されてんぞ……っ」

「エレンの使っている魔術は、どれも低位のものだけど……とにかく巧《うま》いな」

「優れた魔術センスにひとつまみの工夫……なるほど、『首席合格』は伊達《だて》じゃないってことね」

「エレンくん、ちょっとかっこいいかも……っ」

最初はクラスメイトのほぼ全員が、ゼノの勝利を確信していたのだが……。

彼らはいつの間にか、エレンの操る変幻自在の魔術に魅せられていた。

（……なん、だよ……これ……っ）

ゼノにはこの現状が、まったく理解できなかった。

魔術とは、すなわち『力』。

戦いは当然、より力の強い術師が勝つ。

これがゼノの魔術観《まじゅつかん》であり、自身の打ち立てた『絶対の法則』。

しかしどういうわけか、目の前の相手には、この絶対の法則が通用しないのだ。

この見るからに弱そうな謎の魔術師は、こちらの圧倒的な黒道を摩訶不思議《まかふしぎ》な方法でいなし

――創意工夫の凝らされた独特な魔術で、確実に削りを入れてくる。

一度は『無能』と嘲笑《あざわら》った魔術師に、『弱者の戦い方』と切り捨てた戦術に、自分が押されているという現実。

それがどうしても、受け入れられなかった。

(何故だ……っ。魔術も魔力も知識も、基礎スペックでは、俺のほうが全て上回っているはず……。それなのに、どうして勝てねぇんだ……ッ)

窮地に追いやられたゼノは激昂《げきこう》し、禍々しい魔力を解き放つ。

「く、そがぁあああああぁ！　――黒道の五十・黒凰天墜！」

彼が左手を振り下ろすと同時――遥か天空より、漆黒の大結晶が振り落ちる。

「漆黒の波動と落下の衝撃波による『広域殲滅《せんめつ》魔術』……！　どうだエレン、てめぇの貧弱な魔術じゃ、こいつは捌けねぇだろ⁉」

ゼノは勝利を確信し、邪悪な笑みを張り付けるが……。

(こういうときは――眼を凝らす！)

エレンの魔眼は、ありとあらゆる魔力を『色』で見分ける。

荒れ狂う魔力の流れから、黒凰天墜の落下地点を正確に予測。

未来予知に近い精度で安全地帯を――『青色』に染まった地点を割り出し、必要最小限の動きで、吹き荒れる漆黒の波動とそれに続く衝撃波を回避した。

「へ、へへ……っ。勝った、勝ったぞ……この勝負、俺の勝ちだ……！」

ゼノが勝利を確信する中、

「――まだですよ」

土煙から、無傷のエレンが飛び出した。

「こ、こいつ……!?」

仕留め損なったうえ、ここに来ての接近戦。

虚《きょ》を突かれたゼノは、僅かに反応が遅れてしまう。

「ハッ！」

エレンの繰り出した鋭い中段蹴りが、隙だらけの脇腹を正確に射貫《いぬ》く。

「ぁ、が……っ」

ゼノは体を『く』の字に曲げ、荒れた校庭に何度もその体を打ち付けながら、遥か遠方まで転がっていった。

「はぁはぁ……っ。くそ、が……なんでだ……ッ。どうして俺の魔術だけが、当たらねぇんだ!?」

彼はゆっくりと立ち上がり、心の声を叫び散らす。

たとえどれほど強力な攻撃でも、当たらなければ意味がない。

まるで未来でも視ているかのようなエレンの動きに、ゼノは大きな苛立ちと未知の恐怖を感じていた。

激情と混迷――その狭間《はざま》に生まれた僅かな隙を、魔眼は決して見逃さない。

「――黄道の二・雷鳴《らいめい》」

「～～ッ」

意識の間隙、完全な死角を打ち抜かれたゼノは、静かにその場で膝を突く。

これまでジワリジワリと与えられたダメージが、体の芯まで到達してしまったのだ。

戦いの趨勢《すうせい》は明らかであり、エレンの勝利はもはや確実に思われた。

「あの……ゼノさん、この辺りで引き分けにしませんか？　これ以上やると、明日の授業に響いちゃうと思うので……」

エレンのそんな優しい提案は、

「く、くくく……っ。はーはっはっはっは……ッ」

不気味な笑い声によって掻き消された。

「ぜ、ゼノさん……？」

「……いいぜ、認めてやるよ……。魔術師エレン、てめぇは確かに強《つえ》ぇ。それも、今まで見たことのねぇ『唯一無二の強さ』だ」

「えーっと……ありがとう、ございます？」

突然褒められた彼は、困惑しながらもお礼を返した。

「だがよぉ……俺は絶対に諦めるわけにはいかねぇんだ。たとえどんな手を使ってでも、『交渉権』を手に入れる……！」

ゼノは胸に秘めた願いを滾らせ、静かに呼吸を整える。

「……見せてやるよ。『呪われた蛇の力』を……！」

瞬間、ゼノの首筋にある『呪蛇の刻印』が妖しく輝き、漆黒の大魔力が吹き荒れた。

「――我は夜を紡《つむ》ぐ者、黒天を編み、空《から》の座を継ぎ、昏き誓いを此処《ここ》に記す」

驕《おご》りと侮《あなど》りを捨てた彼は、この戦いで初めて『完全詠唱』を行う。

「おいおい、待て待て待て……っ。いくらなんでも、その魔力量はやば過ぎんだろ⁉」

「と、とにかく、逃げろ……！　今すぐこの場を離れるんだ……！」

命の危険を感じたクラスメイトたちは、蜘蛛《くも》の子を散らしたように逃げ出した。

「崩玉《ほうぎょく》の龍、偽聖《ぎせい》の果実、天《あま》の庭代《にわしろ》が罪に染まる――黒道の六十・死龍天征《しりゅうてんせい》！」

次の瞬間、巨大な闇の龍が、凄まじい速度で解き放たれる。

それはかつて死の秘宝を呑み込んだ邪龍。

天地を鳴動《めいどう》させるその大魔術は、触れたもの全てを呪い殺す『必殺の一撃』。

ゼノの使用可能な『最強の黒道魔術』である。

「か、完全詠唱の六十番台……⁉」

「ゼノの野郎、この学園を吹き飛ばすつもりか⁉」

「馬鹿、振り返るな！　とにかく、死ぬ気で走れぇえええ……！」

生徒たちが顔を青く染め、我先にと逃げ出す中――エレンはその場から動かなかった。

否、動けなかった。

（あぁ、なんて『綺麗』なんだ……っ）

彼の心を満たしているのは――只々、純粋な感動。

長い歴史の中で編み出された美しい術式構成・生命の萌芽《ほうが》とも呼べる輝かしい魔力・厳しい修業を経てこの大魔術を成し遂げた術師の執念。

死龍天征に込められた目一杯の情熱、それら全てに強く心を打たれたのだ。

（嗚呼……凄い。魔術って、本当に凄い……っ）

エレンが感動の渦に包まれる中、特殊なレンズの奥底――史上最悪の魔眼が、煌々と紅《あか》い輝きを放つ。

それと同時、エレンの体から汚泥《おでい》のような漆黒の大魔力が溢れ出し、王立第三魔術学園を黒く染め上げていった。

「白道の十――」

エレンが迎撃魔術を展開しようとした次の瞬間、

「――そこまでです」

天空より激しい迅雷が振り注ぎ、生成途中にあったエレンの魔術とゼノの解き放った死龍天征を消し去る。

周囲に焼け焦げた臭いが充満する中、

「……り、リーザス副学長……っ」

とある男子生徒がポツリと呟き、辺り一帯がシンと静まり返る。

そこに立っていたのは、この学園のナンバーツー、『雷神』リーザス・マクレガー。

「ミスター・ゼノ、今のは明らかにやり過ぎです。私闘で六十番台の魔術を使用するなど、決してあってはなりません。私が止めに入らなければ、エレンを殺していましたよ?」

「……ちっ」

注意を受けたゼノは、不機嫌さを隠そうともせず、大きな舌打ちを鳴らす。

「ミスター・エレン、あなたもです。勇敢と蛮勇を履き違えてはなりません。魔術師たる者、彼我《ひが》の実力差をしかと見極め、格上の魔術師との戦いは避けなさい」

「す、すみません……っ」

至極もっともな注意を受けたエレンは、申し訳なさそうに謝罪する。

「とにかく今回は、喧嘩両成敗。それぞれの成績に『減点一』を付《ふ》します。ミスター・ゼノとミスター・エレンは、明日の放課後までに反省文を書き、職員室まで持参すること――いいですね?」

「はい、わかりました……」

エレンが肩を落とす一方、

「くそが……っ」

全てを理解したゼノは、悪態をつきながら踵を返した。

「はぁ、まったく……」

リーザスは小さくため息をついた後、パンパンと手を打ち鳴らす。

「——さて皆さん、いったいいつまで油を売っているつもりですか？　立派な魔術師になるには、日々の研鑽が必要不可欠。さぁ、早く自習を再開なさい」

「「は、はい……っ」」

リーザスの鋭い視線を受けた生徒たちは、大慌てでダールに課された自習課題を再開するのだった。

◇

エレンとゼノの決闘を止めたリーザスは、周囲に誰もいない旧校舎へ移動し、何もない虚空《こくう》へ話し掛ける。

「——どうせどこかで視ているのでしょう？　返事をなさい、ヘルメス」

すると次の瞬間、

「んー、どうしたのかな？」

周囲に霧のようなものが立ち込め、そこからヘルメスの声だけが響いた。

「あなたが推薦したエレンという少年……彼はいったい何者なんですか？」

「ボクの大切な家族さ」

「はぁ……まともに答える気はないようですね」

「まぁね」

相も変わらずといったヘルメスの態度に、リーザスは小さくため息を零す。

「それにしても……さっきの出力、あれは明らかに異常です。私があそこで止めに入らなければ、間違いなくゼノは殺されていましたよ？」

「あはは。相変わらず、リザは心配性だなぁ。エレンは優しい子だから大丈夫だよ。さっきの魔術だって、無意識のうちにかなり手加減していたみたいだし、君の恐れるような事態にはならなかったさ……多分」

「もしも万が一ということがあったら、いったいどうするつもりなんですか？」

「そうなったとき、また考えるさ」

しばしの沈黙。

「……あなたのそういう適当なところ、反吐《へど》が出るほど嫌いです」

「君のそういう生真面目なところ、ボクはけっこう好きだけどなぁ」

「黙りなさい！」

「おー、怖い怖い」

直後、薄い霧が晴れていき、ヘルメスの声は消えた。

「魔術師エレン……。彼のことは、学園長に報告する必要がありそうですね……」

こうしてエレンは、当人のあずかり知らぬところで、学園の上層部に目を付けられることになったのだった。

第六章　……………　呪蛇の刻印

エレンとゼノの激闘が中断された後は、特にこれといった問題も起きず、平穏無事に三限の自習時間が終わった。

今日は入学式＋登校初日ということもあり、授業があるのは午前中のみ。

一年A組の生徒たちは教室に戻り、帰りのホームルームを受けていた。

「――皆の衆、今日は大変申し訳なかった。学園長の話が思いの外に長く……いやしかし、まさか三限の授業内に戻れないとは、完全に想定外だった。そのお詫びと言ってはなんであるが、自習課題に付した『ペナルティ』――放課後の外周十周はなかったものとする」

その発表を受けて、敗北していた生徒たちは喜び、勝利していた者は不満気に口を尖らせる。

「さて……特に連絡事項もないようなので、帰りのホームルームはこれにておしまい。それでは、また明日」

ダールが解散を告げると、教室に和やかな空気が流れ出す。

「よーよー、売店覗いていかね？」

「おっ、いいね！　ここの焼きそばパン、激ウマらしいぞ！」

「ねぇねぇ。せっかくの午前授業だし、ちょっと街に遊びに行かない？」

「オッケー。私もちょうど行ってみたかったところがあるんだー」

クラスメイトたちが楽しそうにお喋《しゃべ》りをして、食事や買い物の予定を立てる中――エレンはササッと手荷物を纏めて、自身の寮に直帰《ちょっき》する。

(えーっと、待ち合わせは十五時だから……うん、まだ時間はあるな)

彼にはこの後、シャルと一緒に『魔具屋アーノルド』の本店へ行き、本日発売予定の『青道魔具』を見に行く約束があるのだ。

本当のことを言えば、入学式の日にあまり予定を入れたくなかったのだが……。

今より遡ること一週間ほど前――。

「――見てください、エレン様！　この素晴らしい青道魔具の数々を……！」

キラキラと目を輝かせたシャルが、とあるお店のチラシをエレンに手渡した。

「魔具屋アーノルド……？　ここって確か、有名な魔具屋さんだっけ？」

「はい、老舗《しにせ》中の老舗です！　このお店は、季節ごとに各属性の新商品を発表していましてね！　今回はなんとそれが『青道魔具』なんですよ！　ほらほらぁ、この剣とか見てくださいよ！　うわぁ、いいなぁ～。かっこいいなぁ～っ」

彼女はそう言って、まるで小さな子どものようにぴょんぴょんと跳びはねた。

「どれどれ……。なるほど、『聖水秘剣《せいすいひけん》』か……。けっこうな値段がするみたいだけど、どんな魔術的機能が備わっているんだ？」

「ふっふっふっ、よくぞ聞いてくれました！　この剣の柄には、小さなボタンがありまして、それを押せばなんと……！」

「なんと……？」

「剣の切っ先から、冷や水が飛び出します！」

「……は？」

「目潰しですよ、目潰し！　いやぁ、さすがは魔具作りの大家アーノルド……。『まさかそう来るか!?』という、素晴らしい発想の商品ですね！」

「……そ、そうかなぁ……？」

なんとも言えない微妙な機能に、エレンは苦笑いを浮かべる。

「ねぇねぇエレン様、来週のこの日、一緒にアーノルドの本店へ行きませんか!?　青道を知り、青道魔具を知れば、向かうところ敵なし！　これも修業の一環ですよ！」

シャルはそう言って、エレンの服の袖をグイグイと引っ張った。

（うーん……。その日は入学式と初授業があるから、できれば空けておきたかったんだけど……まぁいいか）

彼女が本当に嬉しそうな顔をしていたため、エレンは一緒に買い物へ行くことを決めたのだった。

そんなつい一週間ほど前のやり取りを思い返しているうちに、魔具屋アーノルドに到着。

（シャルは……さすがにまだ来てないか）

周囲を軽く見回してみたが、彼女の姿は見当たらない。

それもそのはず、現在の時刻は十三時半。待ち合わせの十五時には、まだ後一時間以上も時間があった。

（ちょっと早く着き過ぎちゃったな。……せっかくだし、軽く街をぶらついてみるか）

それからしばらくの間、特に行く当てもなく、街中をぼんやりと歩く。

人間、何かするべきことや考えることがある間は、存外クリアな思考を保てるのだが……。

それが何かの拍子でふっとなくなり、手持ち無沙汰になったとき、過去の過ちや失敗といったネガティブな経験を思い起こしてしまうものだ。

それは当然、エレンにも当てはまる。

（……はぁ、やっちゃったな……）

脳裏をよぎるのは、三限に起きたゼノとの決闘。

お互いがヒートアップした結果、副学長のリーザス・マクレガーに減点処分＋反省文の提出を言い渡されたあの一件。

（……反省文って、何を書いたらいいんだろう……）

意気消沈したエレンが、大通りをトボトボと歩いていると――両目をつぶった十歳ぐらいの少女が、前方からゆっくりとこちらへ歩いてくるのが目に入った。

（……あの子、眼が悪いのかな……？）

彼女は左手でプレゼントらしきものを大事そうに抱えながら、右に持った白杖《はくじょう》で地面をカンカンと突きながら歩いている。

（ぶつかったら危ないし、ちょっと端のほうを歩くか）

エレンがそんなことを考えていると――タイミングの悪いことに、街道沿いの居酒屋から、四人組の男たちが出てきた。

すると次の瞬間、少女の突いた白杖が酔っ払いの足に当たってしまう。

「痛《い》ってぇな、おい……っ。てめぇ、どこ見て歩いてんだ⁉」

「きゃぁ⁉」

急に大きな罵声《ばせい》を浴びせられた彼女はたたらを踏み、その場で尻餅《しりもち》をついた。

「す、すみません……。私、眼が視えなくて……。それで、その……本当にすみません……っ」

うっかり手放しそうになった白杖と大切なプレゼントを抱き締めながら、少女はひたすらに謝罪の言葉を繰り返す。

一方、彼女が盲目であることを知った男たちは、ニヤニヤと人の悪い笑みを浮かべた。

「あーあ、こりゃ酷《ひで》ぇや。脚の骨が折れてやがる！」

「こいつは損害賠償ものだなぁ」

「治療費、どんぐらいだ?」

「へへっ、ざっと見積もって三千万はいくんじゃねぇか?」

「さ、三千万って……そんな……っ」

男たちが下卑《げび》た笑い声を上げ、少女が絶望に暮れる中――周囲の通行人たちは、それを見て見ぬふり、むしろ足早に過ぎ去っていく。

真っ昼間から酒を貪《むさぼ》った挙句《あげく》、小さな女の子にたかるような性質《たち》の悪い連中とは、誰も関わり合いになりたくないのだ。

(……お兄ちゃん……助けて……っ)

少女の目元にじわりと涙が浮かんだそのとき、

「――女の子一人に寄ってたかって、ちょっと悪趣味じゃないですか?」

エレンが、彼女のもとへ駆け付けた。

「なんだぁ、てめぇ……? このガキの連れか?」

「いえ、別にそういうわけじゃありませんが……。ただ、ちょっとやり過ぎですよ。彼女、ちゃんと謝っているじゃないですか」

「あーあー、はいはい……たまにいるんだよなぁ。こういう正義のヒーローぶった『勘違い野郎』が、よッ!」

嘲笑を浮かべた男は、突然、右ストレートを放つ。

それは卑怯な不意打ちだったが……。

（……ティッタさんより、遥かに遅いな）

日々の修業で『獣人の速度』に慣れたエレンからすれば、まるで止まっているかのように見えた。

彼は半歩だけ左に身を寄せ、鈍重な一撃を避ける。

「ほ、ほぉ……。俺の拳を躱《かわ》すとは、見かけによらず、なかなかやるじゃねぇか。でも、これならどうだ？」

次の瞬間、男は「シュシュシュッ」と軽やかに口ずさみながら、右・左・右と交互に白打を繰り出し――エレンはそれを必要最小限の動きで回避。

「おいおい、ちゃんとよく狙えや！」

「どこ見て拳を振ってんだぁ？　なんなら代わってやろうか？」

「うぃー、ひっく……んー？　あの制服、どっかで見たことがあるような……？」

仲間から冷やかしを受けたことで、男のボルテージはどんどん上がっていく。

「このモヤシ野郎が、ちょこまか避けてんじゃねぇぞ……！」

顔を真っ赤にした彼は、素人めいた大ぶりの上段蹴りを放つ。

エレンは深くしゃがむことで、その一撃を簡単に避け――続けざまに、隙だらけの軸足を払ってやった。

その結果、男はものの見事にひっくり返り、後頭部を地面に強打する。

「あっ、が……ッ。このクソガキ、大人を舐めくさりやがってェ……！」

彼はまさに怒髪天を突く勢いで叫び、懐からダガーナイフを取り出す。

するとその直後——仲間の一人が、泡を食って止めに入った。

「お、おいやめとけ！　よく見りゃあの制服、『第三』のものだぞ……っ」

「『だいさん』……？　なんだそりゃ⁉」

「王立第三魔術学園！　鬼強《つえ》ぇ魔術師たちの巣窟《そうくつ》だよ……ッ。こっちが先に刃物なんか出した日にゃ、正当防衛を口実にして、ぶち殺されちまうぞ⁉」

その瞬間、男の顔から一気に血の気が引く。

「え、あ……マジ、か……？」

「……手帳でも確認しますか？」

エレンはそう言って、懐のポケットから、生徒手帳を取り出した。

そこにはもちろん、王立第三魔術学園の校章が刻まれている。

「へ、へへへ……っ。なんだよ、あんたも人が悪《わり》ぃな……。そんなに凄ぇ魔術師なら、先に言ってくれてもいいじゃねぇか……なぁ？」

さっきまでの勢いはどこへやら……。

男はニヘラと微笑みながら、媚《こ》びるように手を擦り合わせた。

「と、とにかくあれだ……すまなかったな……っ。ちょっとばかし、悪酔いしちまってたみたいだ。この通り――すまんかった、許してくれ……っ」

彼は地べたに這いつくばり、エレンと少女に深々と頭を下げる。

「はぁ……わかりました。さっきのような悪趣味な真似は、金輪際《こんりんざい》しないでくださいね？　あとそれから、誰彼構わず喧嘩を吹っ掛けていたら、いつか本当に危ない目に遭いますよ。この辺りには、血の気の多い魔術師もいるんですから……」

エレンは『とある黒道使い』を頭に浮かべながら、親切な忠告を述べた。

「わ、わかった、ちゃんと肝に銘じておく。それじゃ、俺たちは失敬するぜ……っ」

男はそう言うと、逃げるようにして、街の雑踏に消えていく。

無事に酔っ払いを撃退したエレンは、道の端で怯える少女に優しく声を掛ける。

「もう大丈夫だよ。怪我はない？」

「は、はい……危ないところを助けていただき、本当にありがとうございました」

「偶然通り掛かっただけだから、気にしないでくれ。それよりも、今は一人なの？」

「実は、そうなんです……。普段は一人で出歩かないのですが、今日は『特別な日』なので、こっそりと外出を……」

彼女はそう言いながら、大事そうにプレゼントを抱き締めた。

「なるほど、そうだったのか……。もしあれだったら、家族や知り合いのいるところまで送り届けるよ？」

「えっ？　いやでも、さすがにそこまでしていただくわけには……っ」

「こっちのことは気にしないで、ちょうど時間を持て余していたところなんだ。それより……もしかしたらさっきの奴等が、まだどこかで息を潜めているかもしれない。君さえ迷惑じゃなかったら、安全なところまで送らせてくれないか？」

エレンの優しい提案を受け、少女は小さくコクリと頷いた。

「何から何まで、本当にありがとうございます。それじゃお言葉に甘えて、私の家までお願いしてもいいですか？」

「あぁ、もちろん」

その後、二人はお互いに自己紹介を交わした。

少女の名前はシルフィ、十歳。

絹のように艶やかな黒いロングヘア。身長は百三十センチ、年齢相応の可愛らしい顔をしている。

「へぇ、シルフィにはお兄さんがいるのか」

「はい。私のお兄ちゃん、とっても凄いんですよ？　お勉強が得意で、運動神経も抜群で、お料理が上手で、お裁縫やお絵描きも凄くて……それに何より、本当に優しい。寝る前には、いつも本を読んでくれるんです」

「へぇ、いいお兄さんなんだね」

「えへへ。エレンさんとお兄ちゃんは、どことなく雰囲気が似ているので、きっといいお友達になれると思います」

「あはは、それは楽しみだな」

話が一段落したところで、エレンはさっきから気になっていたことを聞いてみることにした。

「ところで、その左手に抱えているの……もしかして、お兄さんへのプレゼント？」

「お兄ちゃん、いつも私のために頑張ってくれているから、少しでもそのお返しがしたくて……。それで今日は、こっそりとお家を抜け出して来ちゃいました」

「なるほど、そういうことだったのか……。それじゃ早く帰って、お兄さんを安心させてあげないとね」

「はい！」

エレンとシルフィがそんな会話をしていると――前方から荒々しく息を吐く男が駆け付け、二人の前でピタリと足を止めた。

「はぁはぁ……っ。シルフィ……お前、一人で勝手に家を出るなって言っただ……ッ!?」

次の瞬間、彼の顔は憎悪に染まっていく。

「ぜ、ゼノさん……？　もしかして……あなたがシルフィのお兄さんなんですか!?」

「エレン……そうか。てめぇが、妹を連れ出したのか……ッ」

大きな勘違いをしたゼノが、凄まじい怒気を放つ中、シルフィが「待った」を掛けた。

「お兄ちゃん、違うの！　エレンさんはとても優しい人よ！　さっきだって、私のことを助けてくれ……た……っ」

直後、彼女は突然その場にうずくまり、苦しそうに胸元を抑えた。

「し、シルフィ!?」

「くそっ、こんなときに発作か……ッ」

ゼノはすぐにシルフィの体を支え、彼女のことを優しくおんぶする。

一方のエレンは、

「――赤道の三・蛍火、白道の二・聖風《せいふう》」

赤道と白道の混合魔術を展開。

温かく柔らかい空気の膜を生み出し、シルフィの全身を優しく包み込む。

「てめぇ、何を……!?」

「赤道と白道の形態変化で、保護膜を張りました。この中にいれば、走ったときの衝撃や冷たい風が緩和されます」

「ちっ、相変わらずのやり口だが……よくやった！　薬はこっちだ、付いて来い！　そのヘンテコな魔術、死んでも切らすんじゃねぇぞ!?」

「はい！」

ゼノはシルフィをおぶったまま駆け出し、エレンもその後に続いた。


街を飛び出し、獣道を駆け、奥まった林道を抜けた先——ボロボロの民家を視界に捉えた。

「ここだ」

ゼノは玄関の扉を荒々しく蹴り飛ばし、勢いよく中へ入っていく。

「お、おじゃまします」

エレンがローゼス家の自宅に入るとそこには、おびただしい数の魔術書が所狭《ところせま》しと積まれていた。

『魔眼全集』・『解呪の魔眼』・『後天的魔眼の発現可能性』などなど……。黒道、それも魔眼についての本ばかりだ。

(凄い量だな……。これ全部、ゼノさんの蔵書《ぞうしょ》なのか？)

その異常な光景に、エレンは思わず息を呑む。

一方のゼノは、シルフィを優しくベッドに寝かせ、すぐに薬の準備を始めた。

台所で白湯《さゆ》を沸かし、そこへ粉末状の薬を溶かしていく。

十年間も繰り返し続けられた作業のため、その動きにはまったく無駄がない。

「――シルフィ、いつものお薬だ。飲めるか？」

「はぁはぁ……っ。お兄……ちゃん、ごめ……なさい……っ。でも、今日……誕生日、だったから……っ」

「あぁ、お前の気持ちは、本当に嬉しいよ。ありがとうな」

ゼノは絶対に外では見せないであろう柔らかな微笑みを浮かべ、シルフィの頭を優しく撫でた。

それから少しして、シルフィが眠りについたことを確認したゼノは、すぐにいつもの険しい表情に戻る。

「――おぃ、こっちだ」

エレンを連れて居間に移動した後は、慣れた手付きで暖炉《だんろ》の床を取り外し、『秘密の地下室』への入り口を開けた。

「これは、隠し階段……!?」

「静かにしろ。シルフィが起きちまうだろうが」

「す、すみません……っ」

二人はその後、長い螺旋階段をひたすら下っていく。

重たい空気が流れる中、エレンは恐る恐る口を開いた。

「あの……ちょっといいですか？」

「なんだ」

「シルフィさんのあれ……『呪い』、ですよね？」

「……あぁ」

ゼノは重々しく頷き、静かに語り始める。

「――『呪蛇の刻印』。てめぇも魔術師なら、一度ぐらい耳にしたことがあんだろ」

「はい。クラスのみんなが話していたので、一応、名前だけは聞いたことがあります」

「うちは……『ローゼス』っていう一族は、どうしようもねぇ糞ったれの集まりでな。千年以上も前から、黒道《ちから》ばかりを貪欲《どんよく》に追い求め、非合法な実験や禁止された研究を続けてきた」

彼はどこか呆れた様子で、一族の内情を暴露していく。

「そんな長きにわたる馬鹿げた探求の末、とある洞穴《どうけつ》の奥深くで『メギド』という大魔族に出会ったそうだ。うちのおめでたい御先祖様は、そのゴミ野郎となんらかの契りを結び、『呪蛇の刻印』を授かった。――この首筋に浮かぶ、薄汚ねぇ蛇の紋様のことだ」

ゼノは自嘲気味《じちょうぎみ》に笑い、クイとうなじを見せた。

「それが呪いの証ですか……」

「そうだ。――俺は生まれたときから、黒道適性がずば抜けて高くてな。この呪いにも、難なく適合できた。……まぁ確かに、使いこなせれば便利な力だ。呪蛇の刻印《こいつ》に生命力を喰《く》わせれば、その見返りに莫大な魔力を得られるんだからな」

彼はそう言った後、瞳の奥に昏い影を落とす。

「だが……シルフィのように体の弱い魔術師は、呪いの負荷に耐えられねぇ。呪蛇の刻印は長い年月を掛けて、起点である首から眼や肺へ進み、被呪者の体を蝕《むしば》んでいく。そしてやがては、その命を食らい尽くす」

「……っ」

残酷な現実に、エレンは息を呑む。

「俺はなんとかそれを防ぐため、ありとあらゆる手を尽くした。高名な回復術師のもとへ何度も足を運び、体にいいとされる薬草を掻き集め、呪いの専門家たちに助言を求めた。だが……呪蛇の刻印は千年前に結ばれた誓約、長い時間の中で成熟したそれは、もはや単なる『呪い』というレベルを超えていた。結局、何年も無駄な時間を費やしてわかったのは、『追憶の魔女レメ・グリステン』クラスの白道使いじゃねぇと、解呪は不可能だってことだけだ」

ゼノは自身の無力を噛み締め、硬く拳を握る。

「それから俺は、レメに会うための手段を探り――ようやく一つ、現実的なものを見つけた。『王立』の学園長に頼み、レメと引き合わせてもらう方法だ」

「なるほど……それであのとき『交渉権』を欲しがっていたんですね」

「あぁ、そういうことだ」

「でしたら、俺の交渉権を使ってください！　そうすれば、シルフィを助けられるんですよね？」

　エレンの提案に対し、ゼノは小さく首を横へ振った。

「……もう遅《おせ》ぇんだ……」

「どういうことですか？」

「シルフィの首筋、見たか？　蛇の口が……開き掛かっていた……っ。あれは呪いの最終段階……あいつの命は、もう一日ともたねぇんだ……ッ」

「そんな……っ」

　絶望的な宣告を受け、エレンは固まってしまう。

「で、でも……！　考え方によっては、まだ一日あるじゃないですか！　今すぐ学園長のところへ行きましょう！　こちらの事情を説明すれば、きっとすぐにそのレメって魔術師を呼んでくれるはずです！」

「……レメ・グリステンは数年前に謎の失踪を遂げている。今頃どこで何をしているのか、そもそも生きているのかどうかさえわからねぇ。たとえ学園長クラスの権力があっても、一日やそこらであの魔女を捕まえるのは不可能だ」

　完全な八方塞がり。

　二人の間に痛々しい沈黙が降りた。

「今までの呪いの侵食速度から計算すれば、最低でも後一年はもつはずだった。それなのに、一か月前から急に呪いが強くなって――このざまだ。……おかしい話だよなぁ。俺みたいなろくでなしがのうのうと生き残って、シルフィのような優しい子がつらい目を見る……。こんなの、やってらんねぇよ……っ」

「……ゼノさん……」

「……とにかく、今日が『最後の一日』なんだ。だからもう、これに懸けるしかねぇ」

長い階段を下りきり、最下層に到着したゼノは、大きな燭台に火を灯した。

すると次の瞬間――地下室全体に書き記された、膨大な量の術式が浮かび上がる。

「これは……!?」

「禁術・『魔王降臨』――俺が十年懸けて組み上げた、絶対に成功しねぇ召喚魔術だ」

「ちょ、ちょっと待ってください……っ。魔王は千年前に滅びたはずじゃ!?」

「魔術教会はそう発表しちゃいるが……あれは大嘘だ。あの化物《ばけもの》はまだ、完全に滅びちゃいねぇ。今もこの世界のどこかで、ひっそりと息を潜めている。いつか来たる『復活のとき』に備えてな」

「……っ」

淡々と語られるその話には、どこか真に迫るものがあった。

「今から発動するこの魔術は、確実に失敗する。俺の魔術技能じゃ、魔王降臨を正しく展開することは不可能だ。だが……それでいい。魔王の本尊《ほんぞん》を呼び出せずとも、奴の魂のひとかけらでも召喚できれば、それで十分だ」

「そんな不完全な魔王を呼び出して、いったい何をするつもりなんですか？」

エレンの問い掛けに対し、ゼノは別の質問で返した。

「……なぁ、知っているか？　解呪には大きく分けて三つの方法がある」

「確か……呪いの根源に相殺術式をぶつけるか、矛盾点を突く術式破却か、あとは崩珠とかいう魔術で無理矢理壊す……ですよね？」

大聖堂での一件を思い出しながら、エレンは三つの方法を全て正確に答えた。

「ほぉ、よく知っているな」

ゼノはそう言って、一瞬だけ驚いたように眉を上げた。

「だけど実はもう一つ、魔術界でもほとんど知られていない『秘密の手法』があるんだ」

「秘密の手法……なんですか、それは？」

「――『毒を以って毒を制す』。すなわち、より上位の呪いを以って、下位の呪いを殺すんだ」

彼はそう言って、詳しい話を語る。

「『呪蛇の刻印』という強力な呪いを殺すには、それよりもさらに邪悪な呪いがいる。だから俺は、自分の命と引き換えにして、魔王から『あの忌物』を借り受けるんだ」

「あの忌物……？」

「奴の両の眼窩に収まる忌物――『史上最悪の魔眼』だ」

「……っ」

まさかここでその名前が飛び出すとは思っておらず、エレンは言葉を失った。

「あの魔眼は、謂《い》わば『最強・最古の呪い』。その絶対的な力を以ってすれば、『呪蛇の契り』も無効化できるはずだ」

ゼノは親指を浅く噛み、部屋の中心部に自身の鮮血を垂らした。

それと同時――魔王降臨の術式が起動し、周囲に漆黒の瘴気《しょうき》が溢れ出す。

「ちょ、ちょっと待ってください！　もし仮にこれが成功して、呪蛇の刻印が解けたとしても……ゼノさんが死んでしまったら、シルフィは悲しみますよ!?　もう一度、冷静になって考えて――」

「――うるせぇ！　そんなもんはこの十年で、死ぬほど考え尽くした！」

ゼノの凄まじい怒声が、狭い地下室に反響する。

「毎日毎日、頭がおかしくなるぐらい悩んで悩んで悩み抜いて……。それでも結局、どれが正解《ただしい》かもわかんねぇ……っ。だけどよぉ……俺にとって、シルフィはたった一人の家族なんだ。どんなことがあっても、生きて笑っていて欲しいんだ……ッ」

「……そのためなら、自分の命はどうなっても構わないと？」

「あいつのためなら、惜しくもねぇよ」

深い親愛と決死の覚悟。

ゼノの固い決意を感じ取ったエレンは、小さく息をつく。

「——わかりました。もう無理に止めたりはしません。ですが、最後に一つだけ、俺の話を聞いてもらえませんか？」

「……なんだ」

「ゼノさんがお探しのものは……多分、これですよね？」

彼が特殊なレンズを外すと同時、曇りのない漆黒に煌々と灯る緋色の輪廻——魔眼の中でも最高位に君臨する、『史上最悪の魔眼』が現れた。

「……嘘、だろ……!?　お前、何故それを……っ。いやそんなことより、どうして俺に明かした!?」

魔王の寵愛を受けた証であるその瞳は、魔術界における絶対の禁忌《きんき》。

もしもそれが教会に知られれば、A級以上の魔術師で構成される殲滅部隊によって、可及的速やかに駆除されてしまう。

(そんなデケぇリスクを冒して、こいつになんの得があるんだ……!?)

エレンとシルフィは、今日偶然ばったりと出会った浅い仲。

血の繋がった肉親でもなければ、古くからの親友でもない。

そのうえ自分とは、つい先ほど激しい殺し合いをしたばかり……。

所詮は赤の他人でしかないエレンが、むしろこちらを煙たく思っているであろう彼が、教会に消される危険を冒してまで、魔眼の秘密を明かした理由が理解できなかった。

「どうしてもこうしてもありません。俺はただ、シルフィを助けたいだけです」

エレンの瞳にはほんの僅かな淀みさえなく、その言葉が真実のものであることは、火を見るよりも明らかだった。

彼の真意を、その懐の深さを見せ付けられたゼノは――くだらない自尊心《プライド》を捨て、深々と頭を下げる。

「エレン……恥を承知でお前に頼む。その魔眼で、妹の呪いを解いてやってくれねぇか……っ」

「ええ、もちろんです」

こうしてエレンとゼノは、呪蛇の刻印を解くため、シルフィのもとへ向かうのだった。


エレンとゼノは秘密の階段を登りながら、解呪の詳細を詰めていく。

「さっきも言った通り、史上最悪の魔眼は、最強・最古の呪いだ。エレンにはこの猛毒を使って、呪蛇の刻印を解いてもらいたい」

「『より上位の呪いを以って、下位の呪いを殺す』、ですよね?」

「あぁ、そうだ。呪蛇の刻印の『核』となる部分を見つけ出し、そこに『魔眼の呪い』を打ち込んでくれ。理論上、それで解呪は成立するはずだ」

「魔眼の呪いを打ち込む……。具体的には、どうすればいいんですか？」

「難しく考える必要はねぇ。その特殊なレンズを外して、史上最悪の魔眼を解放しているとき、エレンの魔力はそれ自体が『最上級の呪い』になっている。呪蛇の核とお前の魔力が触れるだけで、呪いの格付けは完了――シルフィの体から、蛇の紋様は消え去る」

「なる、ほど……」

自分の体を流れるこの魔力が、最上級の呪い。

それを聞いたエレンは、少し複雑な気持ちだった。

その後、階段を登り切った二人は、煤《すす》だらけの暖炉を出て、シルフィの眠る寝室へ移動。

「はぁはぁ……っ」

ベッドに横たわる彼女は、苦悶《くもん》の表情を浮かべ、荒々しい呼吸を繰り返している。

「シルフィ……つらいよな、しんどいよな……。だけど、もう大丈夫だ。呪いの苦しみは、今日で終わる」

ゼノはそう言って、彼女の頬を優しく撫でた。

エレンはその間、左目に魔力を集中して魔眼を解放――シルフィの現在の状態を素早く確認していく。

（……全身に巻き付く、蛇のような黒いモヤ……。大聖堂で視たものとそっくりだ。この呪いを掛けたのは同一人物、メギドという術師で間違いないだろうな）

エレンは一度そこで両眼を閉じ、小さく長く息を吐いた。

「――ゼノさん、そろそろ始めますね？」

「あぁ、頼む……っ」

そうしてついに解呪が始まった。

エレンは左眼を凝らし、呪蛇の刻印――その内部へ向ける。

すると次の瞬間、彼の視界一面を埋めたのは、数千万節からなる膨大な術式。

（これ、は……ッ）

確かに外見《そとみ》のうえでは、大聖堂で解いた呪いと大きく変わらなかった。

しかし、その構造《つくり》はまったくの別物。

千年前の大魔術師メギドが、心血を注いで練り上げた呪蛇の刻印《それ》は、凄まじい魔力とおぞましい悪意の集合体――前人未踏《ぜんじんみとう》の呪いだった。

そして何より、

（……深い……っ）

シルフィの体に刻印が打たれて十年、呪いはその間に細胞の奥深くへ染み込み、今や彼女の肉体とほとんど同化していた。

つまりこの呪蛇の刻印を解くには、人体を構成する約数十兆個の細胞の中から、その核となる部分を見つけ出さなくてはならない。

これは広大な砂漠の中から、米粒を見つけるが如き難業《なんぎょう》だ。

（…………無理、だ……っ）

脳裏をよぎったのは、失敗の二文字。

だが――。

（……俺がここで諦めたら、シルフィはどうなる？　ゼノさんのこれまでの努力は？　――そうだ。無理じゃない、できるかじゃない……やるしかないだろ……ッ）

弱った気持ちに鞭《むち》を入れ、大きく息を吐き出す。

（集中しろ。眼を凝らせ。魔術の深奥《しんおう》を覗くんだ……！）

エレンが集中力を高めていくと同時、彼の体から濃密な魔力が立ち昇り始めた。

それは普段の優しくて温かいエレンの魔力とは、似ても似つかぬ邪悪なもの。

この世の全ての不吉を煮詰めたような、どうしようもない『黒』を放つ。

（こいつ、なんて魔力をしていやがる……っ。決闘時《あのとき》見せた最後のアレは、まだ全力じゃなかったのか……ッ）

ゼノが絶句する中、とある異変が起こった。

「「キシャーッ！」」

シルフィの体を覆う黒いモヤが、数多《あまた》の黒蛇《こくじゃ》に形を変え、エレンの全身に食らい付く。

これは呪いの防衛反応。

魔眼という異物の侵入を検知し、自動迎撃に入ったのだ。

「おい、大丈夫か……!?」

しかし、返事はない。

（ここは……違う。こっちも……違う。これも……違う）

尋常ならざる集中力を発揮したエレンは、全身を黒蛇に嚙まれながらも、解呪の手を止めなかった。

まさに忘我《ぼうが》の境地。

彼は今、視覚以外のあらゆる感覚を遮断し、ただただ目の前のことに――『核』の発見に全神経を注いでいるのだ。

（……エレン、すまねぇ……っ）

ゼノは奥歯を嚙み締め、自身の無力を詫びながら。

今ここで黒蛇を薙《な》ぎ払う、それ自体は造作もないことだ。

しかし、呪いの自動迎撃を妨害すれば、術式構成が大きく乱れる。

そうなれば核の発見はより難しくなり、エレンを助けるどころか、むしろその足を引っ張ってしまいかねない。

だから、ゼノは耐えた。

何もできない無力な時間を忍び続けた。

それからどれくらいのときが経っただろうか。

息苦しい沈黙が降り、時計の秒針だけが音を刻む中――ついに『そのとき』は訪れる。

（……見つけた……ッ）

史上最悪の魔眼は、全ての魔力を『色』で見分ける。

赤は――致死点。

そこを突けば、展開された術式は確実に死ぬ。

（間違いなく、これが呪蛇の核だ！　他の細胞を傷付けないよう、俺の魔力をここに打ち込めば……！）

彼は指先に極小の魔力を集中させ、シルフィの心臓に浮かんだ致死点、その中心を正確に射貫いた。

すると次の瞬間、彼女の体を蝕む黒いモヤは、光る粒子となって消えていく。

「ふぅー……やった……成功だ……っ」

「……解呪、できた、のか……？　は、はは、ははは……っ。エレン、お前ってやつは！」

歓喜の直後――消えかかった黒いモヤは再結集し、極大の呪蛇となってエレンに牙を剝いた。

「「なっ!?」」

これは大魔族メギドの罠《わな》。

なんらかの外的手段により、呪蛇の刻印が破られた場合、当該解呪を行った術師を憑《と》り殺す。

呪いの強制破棄による『ペナルティ』が、こっそりと仕込まれてあったのだ。

「ま、ず……っ」

「エレン、逃げろ……！」

史上最悪の魔眼を長時間にわたって使用し、ありったけの集中力を燃やした今のエレンには、呪詛返《じゅそがえ》しを回避する余力など残されていなかった。

呪いの大蛇が悪意を撒《ま》き散らし、彼を憑り殺さんとしたその瞬間——僅かな怒気を孕んだ声が、静かに響きわたる。

【——失せろ、虫螻《むしけら》が】

刹那、魔眼に映る万象、その悉《ことごと》くが死んだ。

否、抹殺《ころ》された。

「……え……？」

「今……何が、起きた……？」

破滅《ほろび》は一瞬、残ったのは静寂のみ。

エレンの正面——ローゼス家の外壁には巨大な風穴が空き、その先にあった草・木・山、ありとあらゆるものが死滅していた。

（今の感じ、十年前のあのときの……!?）

（史上最悪の魔眼・異常な魔力量・呪詛返しを殺した謎の力、そして何より十五歳まで普通に生存しているという異常な事実……。もしかして、エレンの奴は……っ）

二人がそれぞれ思考を巡らせる中、

「……ん……っ」

ベッドの上から、小さな呻き声が聞こえた。

「「シルフィ……!?」」

エレンとゼノは即座に頭を切り替え、彼女のもとへ駆け寄る。

するとその直後、

「う、うぅん……」

昏睡《こんすい》状態にあったシルフィは、徐々に意識を取り戻し――ゆっくりとその眼を開いた。

「あ、れ……？　お兄、ちゃん……？」

「お、お前……もしかして……視えているのか？」

呪蛇の刻印により、彼女の眼は生まれながらに閉ざされていた。

それがなくなれば必然、視力もその眼に宿る。

「あはは……お兄ちゃんの顔、ちょっぴり怖いね」

「……馬鹿野郎、初めての感想がそれかよ……っ」

ゼノとシルフィはボロボロと大粒の涙を流し、ギュッと強く抱き締め合った。

それと同時、

（あぁ、よか……った……）

エレンの体がグラリと揺れ、そのまま後ろへバタンと倒れ込む。

「おい、どうした!?」

「だ、大丈夫ですか!?」

「あ、あはは……すみません。こんなに長く魔眼を使ったのは初めてだったので、ちょっと疲れちゃいました」

エレンは仰向けになったまま、大きな問題がないことを伝えた。

その言葉を受けたゼノは、思わず言葉を失う。

（魔王の眼をあれだけ使い倒して、『ちょっと疲れた』……だと？　そんなこと、絶対にあり得ねぇ……っ）

魔術の原則は等価交換。

大いなる力には、それに見合った代償が必要となる。

もしもあのとき——ゼノが魔王降臨を起動させ、肉体・魔力・寿命の全てを魔王に捧げていたとして、史上最悪の魔眼を『一分』でも借り受けられれば、それは『世紀の大成功』と言えるだろう。

魔王の力というのは、それほどまでに規格外なのだ。

しかしエレンは、その超常の力を一時間以上も使い続けながら、ちょっとした疲労感で収まっている。

リスクとリターンの天秤《てんびん》が、まるで釣り合っていない。

これが意味するところはすなわち――。

（……もはや疑いの余地はねぇ、エレンは間違いなく『適合者』だ。それも信じられねぇことに史上最悪の魔眼――最強・最古の呪いをほとんど完璧に無害化している。……断言できる。こんな化物は、長い魔術の歴史の中でもこいつが初めてだ……ッ）

ローゼスという昏い背景《バックボーン》を持ち、魔術の暗部についても少なからずの知識を持つゼノは、『エレンの異常さ』を正しく認識した。

「あー……。ちょっとまだ立ち眩《くら》みがあるようなので、少しだけ風に当たって来ますね」

その後しばらくの間、エレンは家の外で風に当たり、肉体と精神を休ませた。

魔術師は周囲の自然から魔力を吸収することで、疲労回復を早めることができるのだ。

（それにしても、シルフィの呪いが解けて、本当によかったなぁ……）

そんなことを考えながら、夜空に浮かぶ星をぼんやり眺めていると――背後の扉がキィと開いた。

「――よぉ、具合はどうだ？」

「あっ、ゼノさん。ちょっと休めたので、だいぶよくなってきました」

「そうか、そりゃ何よりだ。ほれ、シルフィの淹れてくれたコーヒーだ。死ぬほどうめぇぞ」

「ありがとうございます」

エレンは白い湯気《ゆげ》の立ち昇るコーヒーカップを受け取り、風味豊かなそれをありがたくいただいた。

「あっ……これ、本当においしいですね」

「ったりめぇだ。誰が淹れたと思っている」

「あはは、そうでしたね」

それからしばしの沈黙の後、ゼノは頭をボリボリと掻き、どこか気恥ずかしそうに切り出した。

「あー……あれだ。…………ゼノでいいぞ」

「え……？」

「もう友達《ダチ》だろうが。敬語なんか使ってんじゃねぇよ」

「そ、そっか……そうだな。わかったよ、ゼノ」

「おぅ」

話の取っ掛かりを摑《つか》んだゼノは、この勢いのままに感謝の言葉を口にする。

「エレン、お前のおかげで、シルフィの命は救われた。――この恩は、一生忘れねぇ。本当にありがとう」

「気にしないでくれ。俺は人として、当然のことをしただけだ」

「……ったく、どこまでも控えめな奴だな。ちょっとぐらい恩着せがましく言ったらどうなんだ？」

「あはは。ゼノじゃないんだから、さすがにそんな図々しいことは言えないかな？」

「くく……っ。てめぇ、けっこう言うじゃねぇか……！」

お互いに冗談を交わし合い、穏やかで柔らかい空気が流れる。

それから一言二言、他愛もないやり取りを重ねたところで――エレンは真剣な表情を浮かべた。

「なぁゼノ、この左眼のことなんだけど――」

「――言うな。野暮なことは聞かねぇ。当然、教会にチクりもしねぇ。なんなら今ここで、魂の誓約書でもなんでも書こうか？」

ゼノの瞳はどこまでも真っ直ぐであり、そこにはほんの僅かな嘘・偽りの色さえなかった。

「……ありがとう、助かるよ」

「馬鹿、そりゃこっちの台詞《せりふ》だ」

そうしてお互いが微笑み合っていると、背後からトタタという可愛らしい足音が響き、扉が再び開かれた。

「――お兄ちゃん、エレンさん。もうけっこう長いけど……こんなところで何をしているの？」

心配したシルフィが、様子を見に来てくれたのだ。

「悪い悪い。男同士、いろいろと積もる話があったんだ。それよりもほら、冷たい夜風は体に毒だぞ？　兄ちゃんも行くから、温かい部屋へ戻ろう」

「はーい」

二人の微笑ましいやり取りを見たエレンは、心の奥が温かくなるのを感じた。

「――ゼノ、シルフィ。もう夜も遅いし、俺はそろそろ寮に帰るよ」

「おぅ、そうか。また明日な」

「エレンさん、今日は本当にありがとうございました。またいつでも遊びに来てくださいね！」

「あぁ」

そうしてエレンはゼノとシルフィに手を振りながら、ローゼスの家を後にした。

◇

「――んーっ、いいことをすると気持ちがいいな」

しばらく夜風に当たったことで、気怠《けだる》かった体も完全復活。

エレンは大きな充実感を覚えながら、自分の寮へ向かっていた。

（……だけど、この妙な違和感はなんだ……？　何か『大切なこと』を忘れているような頭を捻って思考を巡らせてみるが、明確な答えは見つからない。

（……まぁいっか。これだけ考えても思い出せないってことは、多分そんなに重要なことじゃないだろう）

……）

そう結論付けたエレンが、人気《ひとけ》のない河原を真っ直ぐに歩いていると――王立第三魔術学園の制服を纏う、白髪の美少女と出くわした。

「あれ、アリアさん？　こんなところで何を――」

次の瞬間、彼女の姿は霞《かすみ》に消え――目と鼻の先に鋭い白刃《はくじん》が迫る。

「なっ、ちょ⁉」

勢いよく振り下ろされる斬撃、エレンはそれを半身になって回避した。

そのまま大きく後ろへ跳び下がり、十分な間合いを確保する。

「あ、アリアさん……いったい何を……⁉」

「――エレン、やっぱりキミは『魔眼使い』だったのね」

「えっ⁉　いやそれは……その……なんのことでしょう？」

魔眼については秘密にすること。

ヘルメスとの約束があるため、エレンは咄嗟に知らんふりをした。

「とぼけないでもらえるかしら？　お昼の戦闘で見せた莫大な魔力。そしてさっきローゼス家で解き放った大魔術。凡百《ぼんびゃく》の魔術師は騙せても、この眼を欺くことはできないわ」

アリアが左目に魔力を込めると同時、彼女の瞳に淡い紺碧が浮かび上がった。

「それはまさか……『聖眼』!?」

「当然、知っているわよね」

聖眼は、主神の加護を受けた聖なる瞳。

魔眼の対極に位置するそれには、邪悪なる魔を討ち滅ぼす特別な力が宿っており、魔術師にとって永遠の憧れである。

「——魔術教会所属・B級魔術師アリア・フォルティア。キミに個人的な恨みはないけれど、世界の恒久平和のため、その眼を閉じさせてもらうわ！」

月明かりに照らされた河原のもと、エレンとアリアの死闘が、静かに幕を開けるのだった。

第七章……魔眼と聖眼

鋭い殺気を放つアリアへ、エレンはすぐに『待った』を掛ける。

「ちょ、ちょっと待ってくれ！　どうして俺たちが戦わなきゃ――」

「問答無用！」

彼女は短くそう告げると、一足で間合いをゼロにした。

（速い!?）

爆発的な加速と完璧な踏み込み。

そこから繰り出されるのは、研ぎ澄まされた『桜の斬撃』。

「白桜流・二の太刀――百桜閃《びゃくおうせん》！」

息もつかせぬ苛烈《かれつ》な連撃が、凄まじい勢いで襲い掛かる。

（右・左・上・下・斬り上げ・逆袈裟・正面……！）

エレンはその優れた瞳力《どうりょく》を以って、百桜閃を完璧に回避。

そして――剣撃《けんげき》の凪《な》いだ一瞬の隙間、展開速度に優れた黄道魔術を差し込む。

「黄道の一・稲光」

瞬間、眩い閃光が夜闇に弾け、視界が真白《ましろ》に染まる。

本来この魔術は、鋭い雷撃を前方に放つ、貫通力に優れた攻撃なのだが……。

エレンはその貫通性を拡散性に形態変化、相手の虚を突く『目眩まし』としたのだ。

(よし、ひとまずこの隙に距離を稼ぐ)

バックステップを踏み、大きく後ろへ跳び下がった次の瞬間、

「――キミのような遠距離タイプは、間合いを取りたくなるよね?」

それを先読みしていたアリアが、エレンの真横を並走する。

「っ!?」

煌《きら》めく白刃が空を駆け、鮮血が地面に飛び散った。

「んー、今のは完璧に仕留めたと思ったんだけど……。キミ、とんでもない反応速度だね」

アリアは刀に付着した血を振り払いながら、賞賛の言葉を口にする。

あの瞬間――逃げ場のない空中にいたエレンは、咄嗟の判断で大きく体を捻り、致命の一撃を回避。脇腹の浅い裂傷のみで、難を逃れたのだ。

「……驚いたな。どうして俺の動きが読めたんだ?」

「エレンの戦い方は、ゼノ・ローゼスとの決闘で、じっくり観察させてもらったからね。キミが戦闘中に考えていることは、全部手に取るようにわかるよ」

「なるほど、そういうことか」

魔術師の戦いには、『情報戦』の側面がある。

相手の得意とする戦法・無意識に重用《ちょうよう》する魔術・緊急時の回避手段、これらの情報をしっかりと分析し、『次の一手』を正確に読み解く。

こうすることで、各盤面における最適な行動が取れるようになり、常に有利なポジションを確保できるというわけだ。

つまり現状――昼の決闘で手の内を明かしたエレンは、その戦術思考と自分の持ち札を晒しながら、ポーカーをプレイしているようなもの。

彼は圧倒的に不利な条件で、この場に立たされていた。

「さて、答え合わせも済んだところで、次はこっちの質問ね」

アリアはいつもの調子でそう言った後、これまで見せたことのない真剣な表情を浮かべる。

「キミのその眼、なんの冗談かな？」

「……？　質問の意味がわからないんだけど？」

「それ。左眼に妙なレンズを嵌《は》めているよね？　魔眼の力を文字通り『完璧』に封印している。この聖眼でも見抜けないなんて、さすがにちょっと驚いたよ。相当高位の封印術式が組み込まれているんだろうね」

彼女はそう言って、エレンの瞳をジッと見つめた。

「だけど、そのレンズのせいで、魔眼本来の力がまったく出し切れてない。今のキミは両手両足を縛ったまま、戦っているようなもの。いくらなんでもその手抜き具合は……さすがにちょっと不愉快。外してもらえないかな？」

「あー……悪いけど、今は無理だ」

いくらここが人気のない河原で、既に夜も更《ふ》けて久しい時間帯とはいえ、どこで誰が見ているかわからない。

こんな状況で、おいそれと魔眼を披露するわけにはいかなかった。

「……私程度の聖眼使いなら、魔眼の力を使わずとも勝てる、と？　キミ……見かけによらず、『いい性格』をしているね。さすがの私も、今のは少しカチンときたよ」

「はっ？　い、いやいや待て待て、誰もそんなことは言ってないぞ⁉」

エレンの弁解の言葉は、アリアには届かなかった。

「──千の泉に霞を浮かべ、虚実の朧《おぼろ》を現《うつつ》で満たせ。おいで、白桜《しろざくら》」

次の瞬間、何もない空間が割れ、そこから純白の刀が出現する。

『武装展開』──簡単な省略詠唱＋銘《めい》を呼ぶことで、いつでもどこでも武装の出し入れを可能にする、魔剣使いの基本かつ必須技能だ。

「キミが本気を出さないのなら、別にそれでも構わないけれど──死ぬよ？」

言葉が結ばれると同時、エレンの背後に純白の剣士が立っていた。

（……嘘、だろ……⁉）

聖眼による基礎魔力の大幅な向上、魔剣白桜による身体能力の絶大な強化。

二つの相乗効果を得たアリアは、まるで雷《いかずち》の如き速度を誇る。

「白桜流・三の太刀――桜麒！」

迸《ほとばし》る白は、横薙ぎの一閃。

エレンはその場に深くしゃがみ込み、紙一重でそれを躱した。

「よく避けた、ねッ！」

続けざまに放たれたのは、思い切りのいい蹴撃。

長い脚をしっかりと振り抜いたその一撃は、

「……っ」

確かに両腕で防御したはずのエレンを、遥か後方へ吹き飛ばすほどの威力があった。

（くっ、なんて重い蹴りだ……ッ）

空中で巧く勢いを殺しつつ、素早く地面に着地。

「――さて、今度はどう凌《しの》ぐのかな？」

眼前にはもう、アリアの姿があった。

「白桜流・六の太刀――天桜閃《てんおうせん》！」

左右から挟み込むように繰り出されたのは、八つの桜の刃《やいば》。

すなわち、逃げ場のない広域斬撃。

（ま、ず……っ）

徒手《としゅ》のまま、これを捌くことは不可能。

即座にそう判断したエレンは、すぐさま迎撃魔術を展開。

「白道の八・閃烈光《せんれつこう》！」

聖なる光を剣の形へ変化させ、喉元に迫る数多の斬撃を撃ち落としていく。

硬質な音が鳴り響き、赤い火花が夜を彩る中、アリアは感心したように目を見開いた。

「それだけの魔術の腕がありながら、剣術の心得もあるなんて……ちょっとビックリしちゃった、よッ！」

「そりゃどうも。まだまだどっちも修行中なんだけど、なッ！」

その後、二人の激しい剣戟《けんげき》は、何度も何度も繰り広げられた。

（……よしよし、いい感じだ。この速さにも、そろそろ慣れてきたぞ）

エレンが相も変わらずの驚異的な学習速度で、超高速戦闘に適応し始めた頃――アリアの足がピタリと止まった。

「はぁ……キミは凄いよ。魔眼や魔剣の補助もなしに、私とここまで斬り合えるだなんて……正直、想定外だった」

彼女の言葉に含まれた想いは尊敬と敬意、そして――『とある確信』。

「だけど残念。そんな急ごしらえの鈍らじゃ、白桜《まけん》には勝てない」

彼女が軽く白刃を振るうと同時、エレンの剣は粉々に砕け散った。

「なっ⁉」

両者の決定的な違い、それは『武装の差』。

アリアの振るう白桜《しろざくら》は、遥か古来より白桜《はくおう》流に伝わる、由緒正しき一振り。その実《み》に莫大な魔力を秘めた、真実正しい魔剣。

その一方、エレンの振るう光剣《こうけん》は、白道の八番を無理矢理に剣の形へ落とし込んだだけの紛《まが》い物。その実に何も宿らぬ、偽りの剣。

長きにわたる剣戟の末、エレンが即興《そっきょう》で作り出した偽《ぎ》は、アリアの振るう真《しん》によって、打ち砕かれてしまったのだ。

「あっけない幕引きだけど……これでおしまい」

容赦《ようしゃ》なく振り下ろされるは、純白の桜刃《おうじん》。

月下のもとに血の花が咲く。

「か、は……っ」

エレンの胸部に致命の一撃が走り、彼はその場で膝を突いた。

「……勝負あり、だね。大人しくその魔眼を渡すなら、命だけは助けてあげ……っ⁉」

刹那、異常な気配を察知したアリアは、大きく後ろへ跳び下がる。

その直後、先ほどまで彼女が立っていたところに、ボトボトと汚泥のような闇が垂れ落ちた。

(な、何よ……この邪悪な魔力は……ッ)

アリアが絶句する中――醜く汚れた闇の奥、シュルルという衣擦《きぬず》れの音が響く。

「ふぅー……っ。さすがに今のは、ちょっと効いたな」

瀕死の重傷を負ったはずのエレンが、ゆっくりと立ち上がった。

それと同時、その腹部に刻まれていた致命傷が、みるみるうちに塞がっていく。

あっという間に完全回復を果たし、おどろおどろしい漆黒を纏った彼は、静かにその名を告げる。

「――呑《の》め、梟《ふくろう》」

次の瞬間、空間を引き裂くようにして零れ落ちたのは――柄・鍔・刀身、全てが漆黒に染まった魔剣。

ヘルメスから譲り受けたこの一振りは、『最上級の呪刀《じゅとう》』である。

(アレはヤバイ……っ。明らかに永久封印クラスの魔剣。一介の学生が、何故あんなものを持っているの……!?　いやそれよりも、あの忌物を握りながら、どうしてあそこまで平然としていられるの!?)

アリアの反応と混乱は、魔術師として非常に正しい。

『梟』という魔剣は、魔術全盛の時代に打たれた呪いの一振り。

存在それ自体が厄災《やくさい》そのものであり、梟の周囲数千キロは生物の棲《す》めない汚染区域に指定される。

当然この呪いは所有者にも牙を剝き、生半可な術師が持てば、即座に呪い殺されてしまうのだが……。

その瞳に史上最悪の魔眼という最強の呪いを宿す例外《エレン》は、魔王未満の呪いを一切受け付けず、所有者としてぴったりと納まったのだ。

「……エレンも魔剣を使えたのね。でもまさか、こんなギリギリまで隠し持つだなんて……やっぱりキミは、『いい性格』をしているよ」

「別に隠していたわけじゃないさ。ただ、これを使うと少し周りが汚れちゃうから、ちょっと出すのを躊躇《ためら》っていたんだ」

エレンはそう言って、静かに魔剣を構える。

「それじゃ、今度はこっちから行くぞ」

「ええ、望むとこ……ッ!?」

首肯《しゅこう》と同時、目と鼻の先に『黒』があった。

いとも容易く必殺の間合いに踏み込んだエレンは、既に梟を振りかぶっている。

(速い!?　だけど、ギリギリ間に合う……！)

アリアは白桜を水平に構え、完璧な防御体勢を取った。

しかしその直後、背筋に冷たいものが走る。

(……あっ……これ、防げないやつだ……)

刹那、凄まじい轟音《ごうおん》が鳴り響き、無人の河原は漆黒に呑まれた。

「……うーん。やっぱり梟《これ》、ちょっと散らかし過ぎるよなぁ……」

土煙が舞い上がり、黒く染まった河原の中心——困り顔のエレンが、ポリポリと頬を掻く。

眼前に広がるのは、梟に呑み荒らされ、ぐちゃぐちゃに歪《ゆが》んだ大地。

その周囲を埋め尽くすのは、一面の黒い呪い《よごれ》。

彼はこうなることを嫌って、ギリギリまで梟を出さなかったのだ。

(どうやって河原を掃除するかは、後でゆっくり考えるとして……アリアはどこだ？)

ザッと辺りを見回していると——前方の土煙が大きく揺れ、荒々しい息を吐く彼女が飛び出してきた。

「……はぁはぁ……っ」

臙脂のブレザーには穴が空き、チェック柄のミニスカートはボロボロ。

顔に掠《かす》り傷・手に裂傷・足に打撲、体の節々に傷を負っているが、致命《クリティカル》となるものはない。

(……危なかった。あのまま防御していたら、間違いなく死んでいた……っ)

あのとき——エレンの暴力的な大魔力を垣間《かいま》見たアリアは、防御という愚行をすぐにやめ、全速力で逃げ出した。

ありったけの魔力を両足に集め、凄まじい速度で後ろへ跳躍《ちょうやく》。

その結果、多少の傷を負う羽目《はめ》になったが、即死という最悪の事態だけは免《まぬか》れたのだ。

(それにしても、なんておぞましい力なの……っ)

視界のあちこちに散在する闇は、まるで生き物のように蠢《うごめ》き、しかもそこには回復阻害・思考破壊・五感麻痺などなど……多種多様な呪いが内包されている。

まるで地獄かと見紛うこの状況で、最も目を引くのが、その中心に立つエレンだ。

彼は常人なら発狂する濃度の闇を被《のろい》りながら、むしろそれを全身に纏いながら、至って平然とした顔付きで極々普通に立っている。

その普通さが、ありふれた日常さが、彼の異常さを際立《きわ》たせていた。

「……キミ、おかしいよ。絶対に普通じゃない」

「えっと……どこが？」

エレンは不思議そうに、コテンと小首を傾げる。

一般的に『魔術師の常識』というものは、最初に魔術の学習を始めてから、およそ一か月の間に形成されると言われている。

世にいる大半の魔術師は、六歳から魔術学校に通い、そこで魔術技能を磨く。

魔術教会の定めたカリキュラム、既存の枠組みを説《と》く教師、ほとんど同じ知識レベルの同級生。その果てに生まれるのが、世界標準――画一化された魔術師の常識だ。

しかしエレンには、これがまったく当てはまらない。

彼が魔術を習い始めたのは十五歳、その学《まな》び舎《や》はヘルメスの屋敷。

エレンはそこで、自由奔放《じゆうほんぽう》に伸び伸びと魔術を学んでいった。

定められたカリキュラムも、理論的枠組みを押し付けられることも、誰かと比較することもされることもない。常識・普通・一般――あらゆる固定観念から解放された『自由な学び』を行ってきたのだ。

そんな彼からすれば、自分のどこが普通じゃないのか、まったく理解できなかった。

「……呆れた。その反応、本当に自覚がないんだ。そんな低い防衛意識で、よくもまぁ教会の眼から逃れられたものね」

アリアは信じられないと目を丸くした後、ちょっとした質問を投げ掛ける。

「ねぇ、教えてよ。キミはこれまで、どこで何をしてきたの？　どうやったら、そんな歪《いびつ》な魔術師に育つの？」

「えーっとそれは、その……あまり言いたくない、かな……」

この十年間、ずっと物置小屋に収納されていました。

さすがにそんなこと、同級生の女の子に知られたくはない。

「……そう。やっぱり人には言えない『裏』があるのね」

何か大きな勘違いをしたアリアは、再び戦闘体勢に入り――そこへエレンがストップを掛ける。

「ちょっ、ちょっと待った……！」

「……なに？」

「あのさ、もうやめにしないか？　そもそも俺には、アリアと戦う理由がないん――」

「――残念ながら、それは無理な相談よ。私が聖眼使いで、エレンが魔眼使いである限りは……ねッ！」

言うが早いか、彼女は凄まじい速度で、漆黒の大地を駆け抜けた。

「ハァアアアアアアア！」

大上段から振り下ろされる渾身《こんしん》の斬撃。

エレンはそれを梟で受け止め、鍔迫《つばぜ》り合《あ》いの状況が生まれる。

「アリア……本当にやるしかないのか？」

「何度も同じことを言わせないでもらえる？」

「……そうか、わかった」

ため息と同時――エレンは白桜《しろざくら》を押し返し、反撃に打って出た。

「――ふっ！　はッ！　セイ！」

「……っ」

激しい斬撃と飛び散る黒《のろい》、アリアはそれらを紙一重で凌いでいく。

（……ほんと、人は見かけによらないわね……っ）

彼女は下唇を甘く噛み、自身の浅慮を反省する。

大人しい顔付きと少し細めの肉体《からだ》。そして何より、ゼノとの決闘を見て、エレンは魔術師に最も多い『遠距離攻撃タイプ』だと思っていたのだが……。

実際の彼は、その対極——超が付くほどの『近距離パワータイプ』だった。

「——そこだッ！」

「く……っ」

エレンの力強い斬撃を受け、アリアの体は大きく後ろへ吹き飛ばされる。

（信じられない馬鹿力……っ。こんなのとまともに斬り合っていたら、白桜《しろざくら》が叩き折られちゃう……ッ）

呪われた魔剣『梟』を展開したことで、エレンの基礎魔力と身体能力は大幅に強化されており、純粋な膂力《りょりょく》ではもはや勝負にならなかった。

（よし、このまま一気に詰めるぞ……！）

戦いの流れを摑んだエレンは、さらに攻勢を強めていく。

「——青道の一・蒼球」

次の瞬間、河原のあちらこちらに、黒い水の球がフワリと浮かび上がった。

（これは……閃の乱反射⁉　それとも粉塵爆発⁉）

既に予習を済ませたアリアは、二つの攻撃パターンに備えたが……。

結果は、どちらもハズレ。

「……えっ……？」

アリアの目の前では、まったく予想だにしないことが起こっていた。

（いったい、何をするつもりなの……？）

エレンは近くにあった球体へ跳び乗ると、それを足蹴《あしげ》にして別の球体へ、そしてまた次の球体へと移っていく。

同じ動きを何度か繰り返すうち、彼のスピードは加速度的に速くなっていき、ついには空中を高速で駆け回り始めた。

（こ、これは……⁉）

エレンは蒼球に一定の硬度と弾性を持たせることで、空に浮かぶ大量の足場を作り出したのだ。

（まさか、蒼球にこんな使い方が……⁉　というか、速過ぎでしょ……⁉）

ただでさえ素早いエレンに、弾性《バネ》という加速が加わることで、彼の速度は限界を超えて速くなっていく。

（右、上、左、後ろ……前……っ。くっ、追いきれな――）

次の瞬間、

「――こっちだ」

「……ッ!?」

鋭い斬撃が走り、アリアの肩口に浅い太刀傷が刻まれた。

（これ、思ったよりもマズい……っ。早く、蒼球の範囲外へ出ないと……ッ）

彼女はすぐさま術式を構築、空いた左手を空に掲げる。

「黄道の三十四・白雷《はくらい》！」

瞬間、眩い雷が迸り、辺り一帯が白光に包まれた。

（よし、この隙に……！）

アリアがバックステップを踏もうとしたそのとき、

「――悪いけど、全部視えているよ」

彼女の背後に、エレンが立っていた。

史上最悪の魔眼は、光の像を捉えているのではなく、世界に在《あ》る魔力を視ている。

そのため、目眩ましの類は一切通用しない。

「しま……っ!?」

「――遅い」

漆黒の斬撃が空を駆け、多量の鮮血が飛び散った。

「今ので終わりかと思ったけど……上手く躱したな」

エレンは梟に付着した血を払いながら、賞賛の言葉を口にする。

一方のアリアは、奇《く》しくも最初とは真逆の展開をやり返された形となり、悔しそうな表情で奥歯を噛み締める。

「はぁはぁ……っ。私だって、キミと同じように『特別な眼』を持っているんだよ？　あれぐらいの斬撃、軽く避けられるさ」

口ではそうやって、強い言葉を発しているものの……。

彼女が負った脇腹の傷は、決して浅くなかった。

(……やば、血、止まんない……。ちょっとマズいかも……っ)

エレンから見えないよう、左手で脇腹を押さえながら、冷静に敵の戦力を分析する。

(距離を離せば、変幻自在の遠距離魔術。間合いを詰めれば、脳筋《のうきん》ゴリ押しの剣術。つまりエレンは全射程適応型《オールレンジタイプ》の魔術師というわけね。……困ったな。キミ、ちょっと強過ぎるよ……っ)


魔術師エレンの圧倒的な実力を前にして、アリアは顔を青く染めた。

その後の展開は、酷く一方的なものだった。

「赤道の四・火焰朧。緑道の二・傀儡根《くぐつこん》」

「くっ……黄道の三十七・瞬雷《しゅんらい》！」

片《かた》や千変万化《せんぺんばんか》の魔術を容赦なく撃ち飛ばし、片や高速移動の術式でギリギリの回避を続ける。

（……マズいな。アリアのやつ、思ったよりも粘るぞ……。さすがにそろそろ終わらせないと、『反省文』を書く時間が……っ）

（梟のような永久封印クラスの魔剣は、ただ展開するだけで莫大な魔力を消耗する。エレンの魔力だって、決して無限じゃないはず。……それなのに、まるで『底』が見えない……っ。……化物め……ッ）

両者の顔には、それぞれ毛色の異なった『焦りの色』が浮かんでいた。

エレンの抱える問題も決して小さいとは言えないが、アリアのそれはもっと深刻だ。

（膂力は完敗。魔剣の格も向こうのほうが遥かに上。魔術の撃ち合いじゃ絶対に勝てっこない。あとは……なんだろ。魔力切れを狙った持久戦？　あは……以ての外だね）

眼前の化物は、まさに『魔力の塊』。持久戦で勝つのは、あまりにも困難な相手だ。

そして何より、脇腹に刻まれた深い太刀傷とそれに伴《ともな》う出血。

先に落ちるのは、どう転んでも彼女のほうだろう。

（ふぅー……っ）

絶体絶命の状況の中、アリアは静かに覚悟を決める。

（……もう、聖眼を解放するしかない、か）

聖眼解放。それは聖眼使いの持つ、『最強の切り札』。

ただ、魔術の基本は等価交換。

大きな力には必然、それに見合った代償を伴う。

聖眼解放の使用者は、ほんの一時的に絶大な力を得るが……。その効果が切れた直後、強烈な魔力欠乏症を引き起こし、ほとんどまともに動けなくなってしまう。

（私が聖眼を開ける時間は基本《ベース》五秒、絶好調でも限界《マックス》七秒。……あの化物《エレン》を仕留めるには、最低でも十秒はいるだろうな……）

この時点でもう、計算上は勝てないことになる。

しかしだからと言って、何もせずに降参するほど、アリアという魔術師は気弱《きよわ》じゃない。

（大丈夫、きっと勝てる。今までこんな窮地、幾度となく潜《くぐ》り抜けてきた。……そうだ、未知の化物を討つには、自分も限界を超えないといけない。『十秒』、死んでも開き切れ……！）

アリアは長く細く息を吐き、小声でポツリと呟く。

「――聖眼解放」

次の瞬間、彼女の瞳に碧《あお》い光が灯り、途轍もない大魔力が吹き荒れた。

「なっ……!?」

「――悪いけど、一瞬で終わらせるよ」

アリアの宣言と同時、エレンはカッと目を見開く。

（これ、は……!?）

三次元空間上には、まったく何も起こっていない。

しかし、彼の魔眼は、正確にその脅威を捉えていた。

「――閉ざせ、梟！」

前方にダラリと垂れ落ちるは『漆黒の壁』。

万《まん》の呪詛で編まれたその壁は――次の瞬間、粉微塵《こなみじん》に斬り刻まれた。

「なるほど、そういう術式か……」

「さすがによく視えているね。普通なら、さっきので終わりなんだけど、さッ！」

聖眼が輝くと同時、エレンは即座に右方へ跳ぶ。

直後、彼が先ほどまで立っていた空間がバッサリと断ち斬られた。

（距離・射程・角度、あらゆる障害を無視したピンポイント斬撃……これはまた、随分と厄介な魔術だな）

（『三秒』、まだいける……ッ）

聖眼にはそれぞれ、魔王を討つための特別な力が宿っている。

アリアの瞳に秘められた力、それは――『斬《ざん》』。

焦点の合った座標に斬撃を刻み込む、必殺の一撃。

魔力を直接視認する特殊な眼を持たなければ、この斬撃を凌ぐことは不可能に近い。

(エレンの反応からして、こっちのネタはもう割れている。それでも……この力なら押し通る……！)

聖なる瞳に魔力が注がれた次の瞬間、エレンを中心とする半径五メートルの大地が爆《は》ぜた。

「なっ⁉」

「将《しょう》を射《い》んと欲《ほっ》すれば先《ま》ず馬を射よ、てね！」

アリアはその眼に宿した『斬』の力を使って、エレンの足元に強力な斬撃を刻み込み、彼を周囲の地盤ごと空中へ吹き飛ばしたのだ。

(宙に浮かんだままじゃ、どこにも逃げられないでしょ！)

しかし——。

「よっ、ほっ、はっ！」

空中のエレンは器用にも姿勢を制御し、舞い散る岩盤を足場にして、安全地帯へ跳び移っていった。

「くっ、キミは曲芸師か……ッ」

「あはは、先生がちょっと無茶苦茶でね。こういうイレギュラーには慣れているんだ」

体術担当ティッタ・ルールーの感覚的過ぎる修業が、思わぬところで活きていた。

(はぁはぁ……『五秒』……っ。そろそ、ろ……キツイ、かも……ッ)

(アリアの体から、凄い勢いで魔力が失われていく……。この魔術、かなりの無茶をやっているると見て間違いないな。――とにかく、斬撃の起点は聖眼だ。ここは落ち着いて距離を取ろう)

冷静なエレンが大きく後ろへ跳び下がると同時、

「逃がさ、ない……ッ!」

アリアは聖眼に莫大な魔力を注ぎ、エレンの動きを目で追っていく。

その直後、彼女の視線の軌跡《きせき》に沿って、空間が次々に断ち斬られていった。

(これは……さすがに追い付かれるな)

いかにエレンが速くとも、追尾する視線を振り切ることは難しい。

(よし、完璧に入った……!)

アリアが硬く拳を握った次の瞬間、

「――青道の五・煙霧《えんむ》」

エレンを取り囲むようにして、煙のような濃霧が立ち込めた。

(ここに来て、まだそんな手を……!?)

これでは彼に焦点を合わせることができず、斬撃を撃ち込めない。

聖眼解放から、既に七秒が経過。

アリアは下唇を嚙み切ることで、朦朧《もうろう》とする意識をなんとか抑え込む。

「……聖眼の力を舐めるな……！」

彼女は周囲に立ち込める霧――空中に浮かぶ極小の水分に焦点を合わせ、その全てを強引に断ち斬った。

「なっ⁉」

エレンの瞳に動揺が走り、アリアの顔が苦痛に歪む。

(痛《い》……っ。さすがに、やり過ぎたか……ッ)

紺碧の瞳から鮮血が流れ、凄まじい激痛が眼窩を襲う。

だが、その痛みに見合う収穫はあった。

エレンを守る濃霧は晴れ、もはや視線を遮るものは何もない。

「ジャスト十秒――これで終わりッ！」

視界の中央、エレンの肉体を完璧に捉えた。

それと同時、紺碧の聖眼がかつてない輝きを放ち、不可視の斬撃が――神速の八連撃が刻み込まれる。

(文句なし！　今度こそ、絶対に入った！)

勝利を確信したアリアは――確かに聞いた。

「次元流・参式――」

それはかつて最強と謳《うた》われるも、戦禍《せんか》の果てに途絶えたとされる『最速の剣術』。

「破断《はだん》」

刹那、アリアの放った斬撃の発生地点に、まったく逆位相の斬撃がぶつけられ——両者は完全に相殺。

それはまさに、ゼロコンマ一秒を争う『神速の神業』。

その奇跡を現実のものにしたのが、リンから教わった最強最速の次元流、そしてあらゆる魔術的現象を正確に見極める史上最悪の魔眼だ。

「そん、な……どうして……っ」

自身の『必殺』を完封されたアリアは、無防備な姿を晒し——そこへ、エレンの蹴撃が襲い掛かる。

「……くっ」

満身創痍《まんしんそうい》のアリアは、両手をクロスし、形だけの防御を行うが……。

(何、これ……お、も……ッ!?)

魔眼が燻《くすぶ》っているときのエレンの蹴りは、分厚い鉄板さえも粉砕する。

聖眼解放の切れたアリアでは、とてもじゃないが防ぎ切れない。

「きゃぁ……っ」

あまりの衝撃に吹き飛ばされた彼女は、遥か後方の一本杉に全身を強打。

そのまま重力に引かれてズルズルとずり落ち、ピクリとも動かなくなった。

（……あれ、ちょっとやり過ぎたかな？）

エレンは梟を収納し、すぐにアリアのもとへ駆け寄る。

「わ、悪い、大丈夫か……？」

優しく声を掛けると同時、

「――キミ、優し過ぎ」

「え？」

突如、勢いよく跳ね上がったアリアは、エレンを強引に押し倒し――そのまま馬乗りになった。

「ちょっ、何を……!?」

「悔しいけど、純粋な魔術勝負はエレンの勝ち。でも、殺し合いでは私の勝ちよ……！」

全ての聖眼は、魔眼に対してのみ機能する『特別な封印術式』を宿している。

それは十センチ以内の至近距離において、互いの瞳が合わさったときに発動――対象の魔眼を未来永劫《みらいえいごう》にわたって、完全に閉ざすことができるのだ。

「キミが出し惜しみするから悪いんだよ。最初から魔眼を使っていれば、きっと楽に勝てたのにね」

言うが早いか、アリアはその細い指でエレンの左眼をまさぐり、封印術式の施されたレンズを剝がす。

そしてその勢いのまま、彼の瞳を覗き込んだ。

通常、この体勢に持ち込まれた時点で、普通の魔眼使いに勝ち目はない。

だがしかし……エレンの魔眼は、決して『普通の魔眼』ではない。

魔王の寵愛を受けた、『史上最悪の魔眼』だ。

(深い漆黒に……緋色の輪廻……? ……えっ。うそ、これってまさか……!?)

気付いたときには、もう遅かった。

エレンと魔眼とアリアの聖眼が交わったその瞬間、

「ぇ、ぁ……っ」

憤怒・絶望・憎悪――ありとあらゆる負の感情が、強烈な呪いと化して、彼女の聖眼に流れ込む。

「頭……割れ……ッ(史上最悪の魔眼が、どうしてこんなところ、に……!? 待って、『魔眼の副作用』、キツ……過ぎ……っ。でも、エレンだって……毎日これを食らっているはず……ッ。……わけが、わかんないよ……っ。こんな地獄の中で、どうしてキミは、そんなに『普通』でいられるの……!?)」

凄まじい呪いに侵《おか》された彼女は――エレンのお腹にまたがったまま意識を失い、彼に覆いかぶさるようにして倒れ込む。

「……あ、あのー……アリア、さん……?」

体の上でぐったりと倒れ伏す美少女。

柔らかい感触・温かい体温・規則的な呼吸――あまりに強過ぎる刺激が、エレンの全身を襲う。

「はぁ……これ、どうしようかなぁ……っ」

彼は大きなため息をつき、今後の対応に頭を悩ませるのだった。

◇

約一時間後。
「……う、うぅん……っ」
強烈な精神汚染を受け、意識を失っていたアリアが、ゆっくりと目を覚ました。
（あ、れ……ここは……？　私は、いったい……？）
ひとまず上体を起こした彼女は、ぼんやりと冴えない頭のまま、現状を確認していく。
辺りは真っ暗、場所は河原、随分と重たい肉体《からだ》。
（これ……第三《うち》の制服？）
自分の体からずり落ちたのは、男子用のブレザー。
（んー……？）
アリアが不思議そうに小首を傾げていると、
「――あっ、目を覚ましたんだな」
今しがた河原の修繕《しゅうぜん》を終えたばかりのエレンが、クルリと振り返った。

「エレ、ン……？」

脳裏をよぎったのは、苦々しい敗北の記憶。

「……ッ」

アリアはすぐさまバックステップを踏み、大きく距離を取った。

最低限の安全距離を確保した彼女は、すぐさま自分の状態《コンディション》を確認していく。

(聖眼解放の後遺症はあるけど、割合に体は動く。思考はクリア、精神支配は受けていない。

一応……着衣の乱れもないわね)

そこで一つ、違和感に気付いた。

(……傷が、塞がっている？)

手足の裂傷、脇腹の太刀傷。

戦闘中に負ったいくつもの傷が、綺麗さっぱりなくなっていた。

「……もしかして、キミが治してくれたの？」

「あぁ、俺の適性は白道だからな。こう見えても、回復系統の術式はけっこう得意なんだよ」

「そう、似合わないわね。でも…………ありがと」

「あはは、どういたしまして」

ときは遡り、今から一時間ほど前――。

アリアが意識を失った後、エレンは頭を悩ませていた。

「あー、どうしよう……。このまま放置して帰るのは……さすがに駄目だよなぁ……」

夜も更けて久しい河原、意識を失った純白の美少女。

もしも性質《たち》の悪い男に見つかれば、どんな酷いことをされるかわかったものじゃない。

(戦う前に『魔術教会所属』とかなんとか言っていたし、大聖堂にでも運んでみるか？　……いや、それは駄目だな)

その場合、間違いなく詳しい事情を聞かれ、確実に面倒なことになってしまう。

「うーん、何か他にいい案は……」

そうしてエレンが考え込んでいると、視界の端にダラリと流れる赤黒い血を捉えた。

「……傷、けっこう深かったんだな」

先の戦闘中、気丈なアリアは、自身が弱っている姿を決して見せなかった。

奥歯を食い縛り、鋭い痛みを噛み殺しながら、必死に戦っていたのだ。

「とりあえず、先に治すか」

エレンは右手を前方に伸ばし、素早く術式を組み上げる。

「――白道の七・天光《あまのひかり》」

次の瞬間、柔らかい光が溢れ出し、アリアの全身を優しく包み込んだ。

これは白道における最も基礎的な回復魔術であり、本来は軽い擦り傷などを治す、応急処置的なものなのだが……。

エレンのように莫大な魔力を持つ者が使えば、多少の時間こそ掛かってしまうものの、大抵の傷は完治させることができる。

「――これでよしっと」

アリアの傷が完璧に治ったところで、天光を終了。

(呼吸もちゃんとしているし、魔力の流れも落ち着いている……。うん、もう大丈夫そうだな)

治療を終えたエレンは、自分のブレザーを脱ぎ、アリアの体にそっと掛けてあげた。

(夜風に吹かれて、風邪でも引いたら大変だからな)

そうしてアリアへの処置を済ませたところで、次の作業へ移行する。

「さて、と……この荒れに荒れた河原をどうにかしないとな。――緑道の四・土壁《つちかべ》。白道の六・繕羽《つくろいばね》」

緑道の土魔術と白道の補強魔術を使い、大規模な修繕工事を開始――それから一時間ほど経過し、全ての作業が終わったところで、アリアが意識を取り戻したというわけだ。

「ねぇ……どうして、私を殺さなかったの？」

「いや、普通同級生の女の子は殺さないでしょ……」

エレンは苦笑いを浮かべながら、土だらけの手をパンパンと払う。

一方のアリアは、「わけがわからない」という表情で、ポカンと口を開けていた。

「……キミ、本当に頭、大丈夫？　なんか魔眼使いとして、いろいろと破綻しているよ？」

「いや、そんなこと言われてもなぁ」

本気で心配そうなアリアに対し、エレンは困り顔で頬を掻く。

「私のような聖眼使いは、魔眼使いを殺す。その逆もまた然《しか》り、キミのような魔眼使いは、聖眼使いを殺すことが至上の目的なの。その魔眼から、命令を受けているでしょ？」

「魔眼から命令……？　なんのこと？」

「……は？」

「……ん？」

二人の間には、致命的な食い違いがあった。

「ま、『魔眼の副作用』だよ！　魔眼はそれが強力であればあるほど、宿主に対して強力な呪いを掛けるの。聖眼使いを殺せ、人類を滅ぼせ、世界を破壊しろ、ってね。その呪詛《めいれい》は二十四時間休みなく続き、やがて宿主の頭と心を破壊する。だから普通、魔眼使いは十年と生きられないの」

「こ、怖い話だなぁ……っ」

当の本人であるはずのエレンは、まるで他人事のような反応を見せた。

「これまでの歴史上、史上最悪の魔眼を発現した人間は全員、一年ともたずに死んでいるわ。キミ、初めて魔眼を発現してから何日目？」

「えっと……十年目、かな」

「十、『年』……!?」

十年戦士という驚愕《きょうがく》の事実。

アリアは思わず絶句した。

「十年間、本当になんの症状もないの!?」

「いや、そう言えば……」

「そう言えば!?」

「寝てるとき、たまに変な夢を見る」

「それはただの悪夢、普通の人もみんな見るよ!」

「そうか。じゃあ特に何もないな」

あっけらかんとするエレンに対し、アリアは小さく首を横へ振る。

「……おかしい、絶対におかしい。こんなの絶対にあり得ない……」

エレンというあまりにも異常過ぎる存在を前にして、アリアの脳内はかつてないほど混乱していた。

「まぁ……あれだ。アリアの言う通り、確かに俺は魔眼持ちだ。それも史上最悪の魔眼。こいつのせいで、この十年は本当に『無《む》』だった。何をすることもなく、只々ずっと無気力に生きていた。だけど今はもう違う。俺には叶えたい『夢』があるんだ」

「夢……?」

「俺は魔術を極める。そしてその力を使って、世界を幸せでいっぱいにするんだ！」

「世界を幸せでいっぱいにするって……。魔眼使いのキミが？」

「あぁ、いつかきっとな」

エレンは無邪気に微笑み、クルリと踵を返した。

「ちょ、ちょっと待って、いったいどこへ行くつもり!?」

「帰る。俺にはまだやらなくちゃならないことがあるからな」

とてもかっこいいことを言っているが、ただ反省文に追われているだけだ。

「……エレンが史上最悪の魔眼使いだってこと、私が魔術教会に報告するとか、考えないの？」

「えっ!?　あっ、いやそれは……勘弁してくれないか？」

「どうしてそんな風に頼むの？　それだけの力があるんだから、力尽《ちからづ》くで言うことを聞かせたり、魂の誓約で無理矢理に縛り付けたり、なんならこの場で殺したり……私を黙らせる方法なんて、いくらでもあると思うけど？」

「いや、人としてそんな酷いことはできないでしょ……」

アリアのあまりにも物騒な発言に、エレンはかなり引いていた。

「まぁとにかく、俺にはまだやるべきことがあるから――またな」

エレンはそう言うと、夜闇に紛れて消えていった。

「…………変な魔眼使い《やつ》」

誰もいなくなった河原で、アリアはポツリと呟くのだった。

第八章……共同生活

聖眼使いアリアとの戦いに勝利したエレンは、大急ぎで自分の寮へ戻り――壁掛け時計を確認。

（もう二十三時!?　急がないと本当にマズイ……っ）

彼は大急ぎで手洗いとうがいをした後、すぐに行動を開始する。

（とりあえず、お風呂にお湯を張って……。うわっ最悪だ、制服に泥がこびりついている……。これは青道魔術でしっかり洗い流さないと、後々シミになっちゃうぞ……っ。そう言えば、お昼から何も食べてないな……。晩ごはん、なんでもいいから作らないと……）

エレンが大量の家事に追われていると、部屋の扉がコンコンコンとノックされた。

（こんな時間に……誰だろう？）

不思議に思いながら、扉をガチャリと開けるとそこには――。

「――こんばんは」

大きな荷物を抱えた、アリア・フォルティアが立っていた。

「こ、こんばんは……。じゃなくて、どうしてアリアが!?　なんで俺の部屋を知っているんだ……!?」

大慌てのエレンに対し、アリアはクスリと微笑む。

「キミって老獪《ろうかい》な戦い方をする割に、けっこうおっちょこちょいだよね？　――はい、これ」

彼女が取り出したのは、エレンのブレザーとその胸ポケットに仕舞われていた『生徒手帳』。

「あっ……忘れてた」

アリアに貸した後、うっかり回収し損ねたものだ。

（そう言えば、うちの生徒手帳には、寮の部屋番号が載っているんだったな……。なるほど、彼女はこれを見て、この場所を知ったのか……）

エレンが一人納得していると、アリアがコホンと咳払いをした。

「私は聖眼使いとして、魔眼使いを見逃すわけにはいかない。だけど、今ここでキミを魔術教会に報告するのは……違う。人として間違っている。だから……今回の件については、全て黙殺しようと思う」

「ありがとう、助かるよ」

エレンがホッと胸を撫で下ろすと同時、アリアは素早く言葉を続けた。

「でも、史上最悪の魔眼を市中に泳がすわけにはいかない。キミは何故か完璧に制御できているみたいだけれど……それは元来、人の手に余るものなの。ほんの少しでも使い方を誤れば、国一つ消し飛ばしかねない厄災の忌物。間違いなく、この世界で最も危険な瞳よ」

「それじゃ、どうするつもりなんだ？」

「魔術教会には報告できない。黙って泳がすわけにもいかない。だから、その折衷案《せっちゅうあん》として、私がキミを監視することにした。もちろん、二十四時間ね」

「二十四時間って……本気か？」

「本気も本気よ。だからこうして、荷物も纏めてきた」

「それって、もしかして……？」

「えぇ、ここに二人で住むの」

エレンは一瞬、固まってしまった。

「ま、待て待て待て……!?　それは……若い男女が一つ屋根の下に暮らすのは、いろいろとマズイだろ!?」

「どうして？　この方法なら、お互いにメリットがあるわよ？　私はキミをずっと監視できるし、キミは……そうだね。私が特別に、『魔眼の使い方』を教えてあげる。聖眼と魔眼は、表裏一体のものだしね」

「そういうことじゃなくてだな……」

「むぅ、私と一緒に暮らすの……嫌？」

「嫌というか、常識的にマズイというか……っ」

狼狽《ろうばい》するエレンに対し、アリアは「ふむ」と考え込む。

「……まぁ、そうね。キミの言いたいことも、確かに理解できるわ。それじゃ、こうしましょう」

アリアはそう言って、空中にササササッと指を走らせた。

次の瞬間、そこに聖文字が浮かび上がる。

『エレンとアリア・フォルティアは、王立第三魔術学園の学生寮において、一切の殺生《せっしょう》を禁止する』

それは魂の契約書、僅か一文で構成された非常にシンプルなものだ。

「ねっ？　これなら寝首を掻かれる心配もないでしょ？」

「……違う。俺が心配しているのは、そういうことじゃないんだよ……」

何をどういう風に伝えるべきか、エレンが頭を悩ませていると——アリアが一際真剣な表情を浮かべた。

「悪いけど、この件について、キミに拒否権はないわよ。もしも私の監視を拒むと言うのなら——」

「拒むと言うのなら？」

「ここで大声を出すわ。キミにエッチなことをされそうになったってね」

「それだけは勘弁してくれ……っ」

現在アリアが着ている服は、ブレザーもミニスカートもボロボロ。

そのうえ彼女の体や衣服には、さっきの戦闘のせいで、エレンの魔力がべったりとこびり付いている。

そしてさらに二人が今いる場所は、エレンの寮の玄関口。

これだけ大量の状況証拠が揃えば、男の彼に勝ち目はないだろう。

「はぁ……わかった。いいよ、一緒に住もう」

エレンは小さくため息をつき、魂の契約書に同意のサインを記した。

「よし、これで契約成立ね！」

アリアはそう言って、何故かとても嬉しそうに微笑んだ。

「それじゃ、よろしくね、エレン」

「あぁ、よろしくな、アリア」

こうしてエレンは、アリアとの共同生活を営むことになったのだった。

◇

エレンとアリアが初めて一緒に過ごす夜は、たくさんの刺激に満ち溢れていた。

「――ねぇ。本当にお風呂、先にもらっちゃってもいいの？」

「あぁ。俺はまだ他にすることがたくさんあるから、先に入っておいてくれ」

「そっ、ありがと」

アリアはそう言うと、バスタオルや着替えを準備し――何故かスッとエレンの耳元に近寄った。

「ねねっ、ところでさ」

「どうした？」

「『先に入っておいてくれ』って、なんだかちょっとエッチだよね」

「エッチ……？　～～っ」

その意味を理解したエレンは、顔を赤く染める。

こういう性的な知識や隠語《いんご》については、悪戯好きのティッタから、ちょこちょこと小出しに教えられていたりするのだ。

「ふふっ。冗談よ、冗談」

彼女は悪戯っ子のようにクスクスと微笑むと、脱衣所へそそくさと駆け込み、仕切りのカーテンをシャーッと閉めた。

「ったく……アリアのやつ……」

エレンがぼやきながら勉強机に着き、反省文を書き始めたそのとき、脱衣所の奥から『シュルシュル』という衣擦れの音が聞こえてきた。

アリアが制服を脱いでいるのだ。

（……）

一応いいお年頃であるエレンは、なんとなく落ち着かない気持ちになり、ふとした拍子に脱衣所のほうへ目を向ける。

すると……仕切りのカーテンは非常に薄いため、アリアの体付きや胸の膨らみ——そのシルエットが、はっきりと見えてしまった。

「……っ」

彼は大慌てで視線を戻し、ブンブンと頭を激しく左右に振る。

(しゅ、集中だ……集中……っ。剣を握るときと同じ、凪いだ水面《みなも》のような心持《こころも》ちで、周囲の雑音を排除するんだ!)

そうやって精神を整えていると、

「ふんふーんふーん」

今度はアリアの上機嫌な鼻歌が聞こえてきた。

それに続き、頭を洗う音・体を洗う音・湯船にチャポンとつかる音・気持ちよさそうに伸びをする声などなど……。

その情景を想像させるような刺激の強い音が、怒濤《どとう》の勢いで押し寄せてくる。

優秀な魔術師は、豊かな想像力を持つことが多い。

当然、エレンもその例に漏れず……彼は現在、非常に苦しんでいた。

(くそ、変なことを考えるな……っ。とにかく、目の前の課題に集中しろ……ッ)

鋼の理性を総動員し、脳内の不純な想像を掻き消していく。

それからしばらくして、アリアがお風呂から上がり、脱衣所のカーテンがサッと開かれた。

「ふーっ。お風呂、気持ちよかったよ。ありがとね」

湯上がりの彼女は、シャツに短パンという開放的なスタイル。

濡れた髪・上気した頬・艶やかな唇――普段よりも少し大人びており、健康的で瑞々《みずみず》しい色気がふんわりと漂っていた。

「あぁ、気にするな」

自分が意識していることを悟られないよう、エレンはやや素《そ》っ気《け》ない態度を取った。

すると……それを知ってか知らずか、アリアは無防備に距離を詰めていく。

「どう？　反省文、進んだ？　……ありゃ、まだほとんど白紙だね。もしかしてこういう作文とか、苦手なタイプ？」

彼女はそう言って、可愛らしくコテンと小首を傾げた。

(ち、近い!?　それになんか、いいにおいがする……っ)

女の子特有の甘い香りが鼻腔をくすぐり、エレンの鋼の理性がゴリゴリと削られていく。

「お、俺……お風呂に入ってくるよ！」

彼は勢いよく立ち上がり、そのままの勢いで脱衣所へ飛び込んだ。

「んー、なるほどなるほど……」

アリアはポツリとそう呟いた後、濡れた髪をとかしていくのだった。

一方、脱衣所へ緊急避難を果たしたエレンは、大きく長い息を吐き出す。

(ふぅー……。こんな刺激的な状況が、これから毎日続くのか……?)

心臓がドクンドクンと妙な鼓動を打ち、とにかく気持ちが落ち着かなかった。

彼は『呪いへの完全耐性』という稀有《けう》な特性を持ちながら、異性への耐性は限りなくゼロに近い。

しかし、それも無理のない話だ。

耐性とは、すなわち経験。

エレンはこの十年間、狭い物置小屋で昏く孤独な毎日を過ごしてきた。

当然、異性と話すことなど皆無。

そんな彼が、突然アリアのような絶世の美少女と一つ屋根の下で暮らすともなれば、混乱は必然のことだろう。

(とにかく……温かいお風呂に入って、気持ちを鎮《しず》めよう)

浴室に入ったエレンは、頭と体をサッと洗い、温かい湯船にとっぷりとつかる。

「あぁー、生き返るー……」

じんわりとした熱が体に染みわたり、疲労の溜まった筋肉が解きほぐされていく。

それから少しして、静かで何もない時間が訪れると……また妙な考えが浮かんできた。

(このお風呂、アリアもつかっていたんだよな……。って、俺は何を……!?)

結局エレンは、ときたま変な想像が脳裏をよぎるせいで、あまり体を休めることができなかった。

仕方なくお風呂から上がった彼は、バスタオルでサッと水気を拭き、用意しておいた寝間着《ねまき》に着替える。

「あら、早いのね。『烏《からす》の行水《ぎょうずい》』ってやつかしら？」

「ま、まぁな」

その後二人は、それぞれのやるべきことをこなしていく。

エレンは、反省文の執筆。

アリアは、持ち込んだ私物の整理整頓。

互いが黙々と作業に勤《いそ》しむ中――エレンのお腹で、「ぐーっ」という腹の虫が鳴いた。

「あー……お腹空いたな」

「なんか適当に作ろうか？」

「えっ、いいのか？　というかそもそも、料理できるのか？」

「長年教会で術師をやっていると、生活力が身に付くのよ。冷蔵庫、開けていい？」

「あぁ」

魔術が発展していくに連れて、たくさんの『文明の利器』が発明された。

青道式自律水冷貯蔵庫――通称『冷蔵庫』などは、その最たる例である。

「えーっと何々、お肉に魚介、野菜に卵……。こんなにいっぱい取り揃えているだなんて、なんだかちょっと意外ね」

「ん……？（お肉に魚介？　そんなのうちにあったか……？）」

エレンは不思議に思い、チラリと冷蔵庫の中を覗き視た。

するとそこには、大量の食材がこれでもかというほどに詰め込まれていた。

（これは……多分、あれだな。俺が留守の間、リンさんか誰かが気を利かせてくれたんだろう）

ヘルメス・リン・ティッタ・シャルの四人は、エレンの部屋の合鍵を持っており、いつでも出入りできるようになっている。

ちなみに今回の食材は……相も変わらず過保護なヘルメスが、食料品店へ直々に足を運び、大量に買い込んだものだ。

「これだけあれば、なんでも作れそうね。エレン、何か食べたいものはない？」

「んー……。もう夜も遅いし、簡単な軽食がいいかな」

「そっ。それじゃ適当に作っちゃうわね」

「あぁ、頼む」

それから三十分後――。

「おぉ、これは凄いな！」

食卓には牛肉の野菜炒め・玉子焼き・お味噌汁、豪華な夜食が並んでいた。

「ふっふっふっ。こう見えて、お料理はけっこう得意なのよ？」

アリアは得意気な表情で、エプロンを脱いだ。

「「――いただきます」」

両手を合わせて食前の挨拶。

エレンはまずはじめに、野菜炒めへ箸を伸ばす。

「……どう？」

「うん、おいしい！　アリアは本当に料理が上手なんだな」

「それはよかった」

彼女は嬉しそうに微笑み、和やかな食事の時間が流れた。

それから二人は勉強机の前に椅子を並べ、顔を突き合わせながら、反省文を進めていく。

「あー……」

「ねねっ、そこに誤字あるよ」

「ん？　おぉ、ありがとう」

それから三十分ほどが経過し、時計の針が一時を回った頃――。

「や、やっと終わった……っ」

原稿用紙三枚分――長きにわたる苦しい戦いが、ようやく終わりを迎えた。

「お疲れ様でした。内容は……うん、ばっちりね。これならあのリーザス先生も、さすがに文句を言ってこないでしょ」

「あの怖い先生のこと、知っているのか？」

「『雷神』リーザス・マクレガー、グランレイ王国で三本の指に入る黄道使い。多分、魔術界で知らない人はいないと思うよ？」

「そ、そんなに凄い人だったのか……っ」

「確かに厳しい先生だけれど、それ以上にとても優しい人でもあるわ」

「へぇ、そうなんだ」

そんな雑談を交わしながら、各自で夜の支度を整えていく。

「――それじゃ、俺はこっちの敷布団で寝るから、アリアはベッドを使ってくれ」

「え？　いいわよ。勝手に上がり込んだんだし、私がそっちで寝るわ」

「いやいや、さすがに女の子を床で寝かせるわけにはいかないよ」

「うーん……。それじゃ、一緒にベッドで寝る？」

「ば、馬鹿なことを言うなよ！」

顔を赤くするエレンに対し、

「ふふっ。キミって、ほんと純粋だよね」

アリアはクスクスと微笑みながら、ベッドに腰を下ろした。

「エレンの気持ちはありがたいけど……本当にいいのかなー？　男の子って、こういうところにエッチな本を隠しているんだよね？」

彼女は紺碧の瞳を鋭く光らせ、ベッドの隙間にチラチラと視線を送る。

「はぁ……そんなわけないだろ」

当然、エレンはそんないかがわしい本を所持していない。

「えー、ほんとにぃ……？」

アリアはゴソゴソとベッドの隙間に手を入れ――ピシリと固まった。

「どうした、虫でもいたのか？」

「へ、へー……っ。エレンはこういう女の子がタイプなんだ……」

彼女は耳まで真っ赤にしながら、とある本を取り出した。

なんとそれは――『純白美少女大特集！　色白・白髪の純粋生娘！』というグラビアの写真集。

アリアに似た純白の美少女が、水着姿で際どいポーズをとっている。

下手に十八禁のものではなく、十五禁のグラビアというところがまた、非常にリアルでいやらしいラインを突いていた。

「なっ!?　え……ち、違っ!?」

混乱の極致に達したエレンは、言語機能が崩壊した。

もちろんあの雑誌は、彼の私物ではない。

今から遡ること数時間前――エレンの部屋を清掃するため、リンとティッタが訪れていた。

「さて、この辺りでそろそろ切り上げましょうか。……ティッタ？　あなたさっきからそんなところで、いったい何をしているんです？」

「へっへっへっ、『引っ越し祝い』っすよ。エレン様も男の子っすから、やっぱりこういうエッチな本は必須！　さすがに十八禁はまだちょっと刺激が強過ぎるので……今回は十五禁辺りを仕込んでおきました！　いやぁしかし、私ってメイドは本当にいい仕事をしちゃいますねぇ……」

「はぁ……。この駄犬が……」

ということがあり、現在の修羅場が生まれていた。

(よくよく見れば、本の表紙に狼の毛が付いている……。あの駄犬め……ッ)

エレンが怒りに打ち震える中、事態は悪化の一途《いっと》をたどる。

「あの、さ……ここに載っている女の子たち、みんな色白で白髪なんだけど……。キミって、もしかしてその……私みたいなのが、タイプなのかな……？」

アリアは自分の白髪を指でいじりながら、そう問い掛けた。

「ちょ、ちょっと待ってくれ！　そもそもの話、この雑誌は俺のじゃない！」

「……キミ以外の誰が、ベッドの裏にこんなものを隠すの？」

「それは、その……お、お姉ちゃん！　そう！　実家のお姉ちゃんが、たまにこういう悪戯をするんだ！」

「……ふーん、『実家のお姉さん』ねぇ……」

アリアは訝《いぶか》し気な視線を送りながらも、ひとまずのところは、それで納得することにした。

その後、もう時間も時間だったので――消灯。

「おやすみ、アリア」

「おやすみなさい、エレン」

エレンは敷布団・アリアはベッド、二人はそれぞれの寝床で目を閉じた。

（はぁ……。今日はなんだか、とっても疲れたな……）

思い返せば、激動の一日だった。

朝は入学式で新入生代表の挨拶。

お昼はゼノと決闘し、リーザス副学長に雷をもらう。

そして放課後はシルフィの呪いを解き、そのままの流れで聖眼使いのアリアと戦闘。

そしてどういうわけか、アリアと一緒に住むことになり……今に至る。

今日は間違いなく、これまでの人生で最も過酷な一日だと言えるだろう。

（明日はもう少し、穏やかで静かに過ごしたいなぁ……）

エレンはそんなささやかな願いを抱きながら、深い微睡《まどろ》みの中に沈んでいくのだった。

時刻は一時三十分、アリアはパチリと眼を開けた。

「……ねぇ、起きてる……？」

問い掛けに対し、返ってくるのは「すーっすーっ」という規則的な呼吸音のみ。

彼女はゆっくりと体を起こし、エレンの枕元に腰を下ろした。

（……ぐっすりと眠っているわね……）

しっかりとそれを確認した後、

（はぁ……よかったぁ……）

張り詰めていた警戒の糸が切れ、ホッと安堵《あんど》の息を吐く。

魔術教会へ虚偽の報告をし、史上最悪の魔眼を黙殺する以上、自分には途轍もなく大きな責任が生まれる。彼女はそれを果たすため、エレンと一緒の部屋に住み、その瞳の動向を二十四時間監視することに決めた。

彼に魔眼の使い方をレクチャーしつつ、暴走の兆候がないか逐一チェック、必要に応じてメンタルケアを行うことで、魔眼の『恒久的な安定』を図ろうと思ったのだ。

しかし、アリアとてうら若き乙女。

エレンという狼に襲われ、純潔を奪われる怖さもある。

だから彼女は、『テスト』を実施することにした。

敢えて思わせぶりな発言・行動を取り、エレンの反応をチェック――彼の『狼具合』を測定していたのだ。

もしも襲われる危険を感じた場合、夜のうちに離脱し、すぐに別の監視策を考えるつもりだったのだが……。

（うん。これなら、まったく問題なさそうね）

厳格なテストの結果、エレンの狼度《おおかみど》は――0点。

奥手の中の奥手、もはや草しか食べていないのではないかと思うほどの『草食系』だった。

おそらく同衾《どうきん》しても、なんの間違いも起こらないだろう。

（一言に『魔眼使い』といっても、いろんな奴がいるのね……）

両親を魔眼使いに惨殺《ざんさつ》された過去を持つ彼女は、あまりにも無害過ぎるエレンを見て、少し複雑な気持ちになった。

（これが次代の『魔王の器』だなんて……ほんと信じられない）

アリアはそんなことを考えながら、目の前の柔らかそうな頰をツンツンとつつく。

「う、うぅ……」

その刺激に反応して、エレンはちょっぴり苦しそうな表情を浮かべた。

「ふふっ。これは今日、散々痛めつけてくれたお返し、よ」

アリアはそう言って、エレンのほっぺをぐにーっと引っ張った。

そうして無事に小さな仕返しを果たしたところで、彼女のもとへ強烈な睡魔がやってくる。

（ふわぁ……っ）

半日エレンの尾行をした後、聖眼解放を伴う激しい戦闘。

アリアの疲労は、もうとっくの昔に限界を超えていた。

「んー……おやすみぃ……」

彼女はまるで意識を失うように倒れ込み、そのまま深い眠りにつくのだった。


深夜遅く、エレンとアリアが眠りについたその頃――。

「……ふっ、ふふっ……ふふふふ……っ」

魔具屋アーノルドの本店前で、一人の青道使いが笑っていた。

――否、激しい怒りに打ち震えていた。

「……そうですかそうですか、エレン様も随分と偉くなられましたね。私との大切な約束をすっぽかすとは、いい度胸ではありませんかぁ……！」

彼女の名前はシャル・エインズワース。

ヘルメスの屋敷に仕える使用人であり、エレンに青道魔術の神秘を説く者。

そして何を隠そう、『魔具屋アーノルドに、一緒に青道魔具を見に行く』という約束をすっぽかされた者である。

「こんな絶世の美少女を深夜遅くまで放置するなんて……正気の沙汰ではありません！　まさに鬼畜の所業！　許されざるべき絶対悪です！」

怒り冷めやらぬ彼女は、腰に差した長物を引き抜いた。

「我が新たな青道魔具――聖水秘剣！　その第一の犠牲者としてくれましょう！」

これは本日発売された新製品であり、先端より目潰し用の冷や水が飛び出す『神秘の剣』。

彼女はちゃっかり、自分の欲しいものだけは確保していた。

「私の復讐は、もはや誰にも止められません！」

シャルは全力ダッシュで、王立第三魔術学園の正門前へ移動。

(一・二・三……なるほど、警備は八人ですか。この程度――青道の六十二・水渡り！)

水から水へ座標移動する高等魔術を以って、いとも容易く正門の守りを突破。

(ふっ、我が青道魔術に掛かれば、王立学園への侵入など朝飯前です……！)

彼女はその勢いのまま、エレンの住む学生寮へ到着。

懐から合鍵を取り出し、玄関の鍵をガチャリと開けた。

(ふっふっふっ。いったいどんな間抜け面《づら》で眠っているのか、楽しみですねぇ！)

まるで寝起きドッキリを敢行するが如く、妙に高いテンションのまま、ゆっくりと扉を開ける。

するとそこには――信じられない光景が広がっていた。

「はぅアッ!?」

敷布団ですやすやと寝息を立てるエレン。

そしてその隣で眠る見知らぬ美少女《アリア》。

偶然にも二人は抱き締め合うような形になっており、それは『一線を越えた』と確信できるほどの空気と状況だった。

(あ、あわわ……あわわわわ……!? エレン様がいつの間にか、大人の階段を……ッ)

とんでもない誤解をしたシャルは、

「……お、おじゃましましたぁ……」

ゆっくり静かに扉を締め、ヘルメスの屋敷に逃げ帰るのだった。

第九章……強化合宿

激動の一日から一夜明けた次の日。

「なぁエレン。お前、滅茶苦茶《めちゃくちゃ》『形態変化』がうめぇよな。なんか、特別な練習方法でもあるのか？」

「ねぇねぇエレンくん、昨日やってた『遠距離属性変化』！　あれって、どういう仕組みなの!?」

「おいエレン、昼休みにちょっくら摸擬戦やらね？　お前の変幻自在の魔術、一度実際に味わってみたいんだよ！」

エレンは一躍、クラスの人気者になっていた。

一年A組の生徒たちは、幼少期より天才と持て囃《はや》され、非常に自尊心《プライド》が高いが……決して腐った人間ではない。

最初こそ首席合格を掻っ攫ったエレンに対し、敵対心のような悪感情《あくかんじょう》を抱いていたが……。

それは彼が入学試験において、不正を働いたという噂が広まっていたからだ。

しかも厄介なことに、情報の出所《でどころ》はケインズをはじめとする幾多の教師陣。

入試の採点を行う学園サイドの人間が、口々にそう言っていたのだから、生徒たちが騙されてしまうのも無理からぬ話だった。

しかし昨日——彼らはみんな、エレンとゼノによる『至高の魔術合戦』をその眼で見て、不正入学の噂が根も葉もない嘘であると確信、魔術師エレンの実力が本物であるとわかった。

燻っていた不満が解消され、残ったのは純粋な尊敬。

自身の成長に貪欲な彼らは、すぐさまエレンに教えを乞《こ》うたというわけだ。

ただ……魔術の秘匿は術師の基本。

普通はおいそれと自身の術式や長年の修業で体得したコツを教えることはないのだが……。

「うーん、形態変化の練習方法か……。俺がいつもやっているのは、『手当たり次第にいじってみること』かな？　例えばほら『青道の一・蒼球』とかだったら、発生する球体を四角錐にしてみたり、霧状にしてみたり、蜷局《とぐろ》を巻いた蛇みたいにしてみたり……。とにかく、滅茶苦茶にいじってみるんだ。そうしたら自然に、形を変える感覚っていうのが、なんとなく摑めてくると思う。えっとそれから……遠距離属性変化のやり方だったよね？　あれは——」

魔術師の常識を持たないエレンは、自身の魔術観・魔術技能の練習方法・戦闘中の思考などなど……何も隠すことなく、全てをあけすけに語った。

「ほっへー、なるほどなるほど。『滅茶苦茶にいじってみる』、か……すげぇな。今までにない面白《おもしれ》ぇ考え方だ！　ありがとよ、エレン！」

「エレンくん、ありがとう。おかげで遠距離属性変化のやり方、しっかりと理解できたわ」

エレンに魔術技能の練習方法を教えてもらった二人は、感謝の気持ちを告げる。

そして――無償の施しを受ければ、それをお返ししたくなるというもの。

「なぁなぁ、さっきの礼と言っちゃなんだが……。『赤道の響炎《きょうえん》現象』、あれを意図的に起こす方法とか、興味ねぇか？　この前一人で赤道の練習をしていたら、偶然そのやり方を発見しちまってよ。エレンがお気に召すかはわからねぇけど、まぁそれなりに面白ぇ話だと思うぜ？」

「エレンくん、緑道の構築魔術とかに興味ないかな？　私、実技はちょっと苦手なんだけど……。構築分野の理論には自信があって、専門誌にも何本か論文を載せてもらっているの。もしよかったら、私が今度発表する『緑道構築の曲線理論』、ちょっと聞いていかない？」

「えっ、いいのか？　ありがとう！」

クラスメイトからのお礼の情報、エレンはそれをありがたく聞かせてもらった。

一般的に王立魔術学園での友人関係は、広くて浅いと言われている。

在校生全員が優秀な魔術師であるため、お互いの顔と名前はなんとなく一致している。

廊下ですれ違えば簡単な挨拶や雑談も交わすし、授業内や休み時間に得意魔術の教え合いなどもあったりする。

だが、こういった交流は所詮表面的なものであり、お互いの魔術観や独自の術式――腹の底までは決して見せない。

これは、魔術の秘匿は術師の基本という、古くからの伝統のせいだろう。

そして、その果てに生まれるのが、現在の広くて浅い友人関係であり、どこか息苦しさを覚える閉鎖された魔術学園である。

しかし、ここにエレンという『純粋な異物』が加わることで、状況は劇的に変化する。

彼がもたらす独自の魔術理論、それを惜しげもなく公開する姿勢、これによって『自由で開かれた討論』が巻き起こり、その中でまた新たな気付きが生まれていく。

突如として発生した理想的な学びの場、これを優秀な魔術師たちが放っておくわけもない。

結果、エレンの席の周りは、いつも大勢のクラスメイトで賑わった。

この『一年A組の魔術談義』は、連日途轍もない盛り上がりを見せ、学園全体に爆発的な勢いで広まっていく。

特にお昼休みなどは凄まじく、他クラス・他学年の生徒までもが一年A組に集結した。

そしてついには、噂を聞き付けた教師がこっそり参加するほどのものとなり……A組の教室は完全にパンク状態。

この時点で緊急の職員会議が開かれ、細かいルールが話し合われた。

結局、通常のお昼休みの魔術談義は、基本A組の生徒のみが参加可能。

但し、週末のお昼休みには、大講堂を貸し切りにして、『誰もが参加可能な自由で開かれた公開魔術談義を行う』とされたのだった。

ここまでの期間、僅か一週間。

エレンという魔術師の存在は、王立第三魔術学園の中で、徐々にだが確実に大きくなっているのだった。

◇

エレンが王立第三魔術学園に入学してから早十日――。

日々の濃密な授業・昼休みの魔術談義・放課後の自習、この三つの相乗効果により、彼の扱える魔術の種類は飛躍的に増加した。

今や基本六道の魔術は、一番から十番まで全て扱えるようになっている。

そしてちょうどこの辺りで、『魔術適性』というものが、徐々に顕在化してきた。

赤道・青道・黄道・緑道については、素晴らしい速度で成長しているのだが……。『適性あり』とされたはずの白道の伸びが、いまいち奮わない。

その一方、黒道の練達《れんたつ》具合は、もはや異常とも言えるレベルだ。

無詠唱で二十番台、完全詠唱ならば三十番台さえも展開可能。

この驚異的な成長速度は、天才的な黒道使いであるゼノ・ローゼスに、「エレン、お前……なんか危ねぇクスリに手を出してねぇよな?」と本気で心配させるほどである。

なんにせよ。エレンの魔術は今、飛躍的な進歩を遂げていた。

王立第三魔術学園に新たな風を吹き込み、自身の魔術の才能を絶賛開花中である当の本人は、

（あぁ、幸せだなぁ……）

平和で穏やかな日常を心の底から楽しんでいた。

エレンはこの十年、狭い物置小屋の中で、一人孤独に生きてきた。

誰かに愛されることも、誰かから必要とされることも、誰かと話をすることもない、ただひたすら『無』の日々を送ってきた。

そんな彼にとっては、友達と交わす何気ない挨拶・大して中身のない雑談・クラスメイトと一緒に食べる昼食――普通の学生ならば、誰もが当たり前のように享受する些細な日常、その一瞬一瞬がどれも最高に楽しかったのだ。

そして――今日も今日とて授業が終わり、帰りのホームルームが始まる。

「――おっほん。普段は形だけのことが多いホームルームであるが、今日は『とても大切なお知らせ』がある。皆、心して聞いて欲しいのである」

教壇に立ったダールは、いつになく真剣な表情だ。

「それでは、これより発表する。――明日の正午より、来たる『大魔聖祭《だいませいさい》』に備え、毎年恒例の『強化合宿』を実施する！　期間は三日！　会場は千年樹林！　一年に一度のド派手な祭りが、始まるであるぞ……！」

次の瞬間、クラス中が大熱狂の渦に包まれた。

「いよっしゃぁ！　ついに来たか、このときが……！」

「くぅ～、たまらなく燃えてきたぜぃ！」

「俺はこの祭りのために、『王立』に入ったんだ！」

「ねぇ、どっち志望？　私はもちろん個人戦！」

「あー、あたしは団体戦かなぁ。今年はエレンくんとか馬鹿ゼノとかアリアっちとか、個人戦のレベルちょい高いっぽいし……。あんま無理せず、現実的なとこ狙っとくよ」

大魔聖祭。それはグランレイ王国に五つある、王立魔術学園による魔術の祭典だ。

新入生のみで実施されるこの大会は、『次世代魔術師の見本市』として広く知られ、魔術界における注目度が非常に高い。

「聡明《そうめい》なる諸君こと、大魔聖祭の概要については、既に知っていると思うが……。吾輩には担任教師としての連絡義務がある故、今一度ここで簡単に説明しておくのである」

ダールはそう言って、懐からプリント用紙を取り出した。

これは学園長が作成した説明用の資料であり、一年の担任を受け持つ教員に配布されたものである。

（あっ、ちゃんと説明してくれるんだ……よかったぁ……）

この教室で唯一、大魔聖祭について何も知らないエレンは、ホッと安堵の息を吐く。

「えー、おっほん……。『大魔聖祭とは、王立の五学園が選《よ》りすぐりの一年生《まじゅつし》を選抜し、団体戦＋個人戦を実施。その総合成績を以って勝敗を決定するという、勝ち抜き式のトーナメント戦だ。本大会は魔術教会の全面スポンサーのもとで運営され、出場選手の安全面に関しては、特段の配慮がなされている。そのため一年生諸君は、奮って参加するようにお願いしたい』、とまぁこんな感じである」

手元のプリントを読み上げたダールは、生徒たちのほうへ視線を向けた。

「さて、基本事項の説明はこれにておしまい。次は生徒諸君らの『旨味《うまみ》』について話そう」

彼はそう言って、スッと右手を前に伸ばした。

「まず一つ目。個人戦および団体戦に出場した生徒は、最終成績に加点一。二つ目、勝利ボーナスは個人・団体問わずして、一勝につき加点三。三つ目、特別優秀な結果を残した者には、最終成績に加点十。ここまでが当学園側の提供する優遇制度。そしてさらに……あまり大きな声では言えぬが、『外部からの引き抜き』も、往々《おうおう》にして起こっているのである」

ダールは声のトーンを一段落として、話の続きを語っていく。

「大魔聖祭は将来有望な魔術師の集まり。故に魔術教会のお偉方《えらがた》や王政府の重役などの有力者が、毎年必ず視察に来ておってな。彼らの目に留まった生徒は、祭りの終幕後にこっそりと呼び出しを受け、『卒業後にうちで働かないか？』という話を持ち掛けられる。もちろんその場合は、通常では考えられぬ超好待遇である。――っとまぁこのように、本大会は諸君らにとって、非常に『おいしい』ものになっておるのだ」

とても魅力的な話を聞き、生徒たちの瞳が燃える。

「へへっ、成績爆上げの大チャンス！　それに運がよけりゃ、卒業後のキャリアも確保できるし……こりゃ激熱だぜ！」

「大魔聖祭で活躍すれば、私も憧れの宮廷魔術師に……っ」

「教会のお偉いさんに目を掛けてもらえれば、多額の研究費用が降りる〜ッ」

教室のあちこちで欲望の炎が滾る中、ダールはゴホンと咳払いをする。

「まぁ逸《はや》る気持ちもわかるが、ちょっと落ち着くのである。大魔聖祭に出場して華やかな活躍を遂げるには、厳しい『学内選考』を突破しなければならぬのである。そしてこれには、明日から実施される強化合宿で、優れた成績を残すことが必要不可欠！」

教室全体にピリッとした空気が張り詰めた。

「それではこれより、強化合宿の内容を発表――といきたいところであるが……。当学園の教育方針により、合宿での課題については、本番当日に公開する決まりになっている」

王立第三魔術学園は『実戦』に特化した校風であり、それを知っている生徒たちは、

「まぁ、第三《うち》らしいやり方だな」

「ここはそういう学園だもんね」

そんな風にして、各々で納得していた。

「さて現状、吾輩が公表してもよい情報は三つ。合宿の会場は千年樹林・期間は三日間・そし

て最後に――強化合宿におけるチーム分けである！」

発表と同時、クラス内に小さなざわめきが起こった。

「此度の合宿は三人一組《スリーマンセル》で実施される。ちなみにこのチーム分けは、生徒の性格・魔術の相性・現状の成績などなど……。様々な要素を勘案したうえで、学園長が直々にお決めになられたもの。――さぁそれでは早速、A組のチーム分けを発表するのである！」

ダールがパチンと指を鳴らすと同時、黒板一面に大量の聖文字が浮かび上がった。

そこには一年A組全生徒の名前が、ズラリと並んでいる。

（俺の名前は……っと、あったあった）

黒板の中心部に自分の名前を発見、そのまま視線を横にズラしていき、チームメイトの名前を確認する。

（……ゼノ・ローゼスとアリア・フォルティア。あぁ、よかった！　あの二人なら、やりやすくて本当に助かる）

エレンがホッと胸を撫で下ろすと同時、ダールがゴホンと咳払いをした。

「少し長くなってしまったが、帰りのホームルームはこれにておしまい。皆の衆は互いの得意魔術を共有するなり、チームで集まって連携を立てるなり、各自有効に時間を使うといいのである。それでは――解散」

その後一年A組の教室では、明日に備えての打ち合わせが、あちこちで活発に行われるのだった。

◇

迎えた合宿当日。

エレンとアリアは一緒に寮を出て、目的地である千年樹林へ向かう。

「んーっ、今日はいい天気だな。晴れてくれて、本当によかった」

「えぇ、絶好の合宿日和《びより》ね」

二人はそんな明るい会話を交わしながら、地図を片手に歩いていく。

街を通過し、野原を過ぎ、険しい竹林を超えた先——鬱蒼《うっそう》と茂る深い森が現れた。

そこには『ここに集合である！』という立て札があり、周囲には既に大勢の生徒たちが集まっている。

強化合宿には特進科のA組の他、普通科のB組も参加しているため、百人近くの魔術師がこの場に待機しているのだ。

（えーっと、ゼノはもう来ているのかな……？）

周囲を軽く見回していると、

「——おぅ。こっちだ、エレン」

遥か前方——大きな木の株に座ったゼノが、ひょいと右手を上げた。

「おはよう、ゼノ。早かったんだな」

「まぁな」

軽い挨拶を交わした直後、

「……」

「……」

ゼノとアリアが鋭い視線をぶつけ合った。

（……あぁ、また始まった……）

何を隠そうこの二人、真実『犬猿の仲』なのだ。

昨日の打ち合わせのときもそう——。

「だーかーらー、何度言やわかんだ!?　俺とエレンが前線を張って、てめぇは後衛で補助魔術に専念する！　これが最高の布陣なんだよ！」

「だーかーらー、何回説明すれば理解できるの!?　私とエレンが前衛、キミは後衛で補助魔術を焚《た》く！　これが一番効率的なの！」

気の強い二人は、お互いにまったく譲らず、

「やんのか？」

「いつでもいいわよ？」

一触即発の空気が流れた。

「あ、あの――……俺は別に後衛でもいいぞ？」

「いや、それは違《ちげ》ぇだろ」

「いえ、それはもったいないわ」

「……そうか」

その後、同じような話が何度も繰り返された結果、下校時刻になっても、まともな連携一つ組めなかったのだ。

「二人とも、仲良くな！　なんてったって、今日は合宿本番だ！　ほら、まずは気持ちよく朝の挨拶を交わして！　明るく元気よく、楽しくやろう！　な？」

エレンに諭されたゼノとアリアは、不承不承《ふしょうぶしょう》と言った風にコクリと頷き――どちらからともなく口を開く。

「…………おはよう」

「…………おはよう」

これほど暗い朝の挨拶が、かつてあっただろうか。

（……はぁ、この先が思いやられるなぁ……）

エレンは苦笑いを浮かべながら、小さなため息を零した。

それから少しばかりが経ち、集合時間の九時になったそのとき――千年樹林の奥から、ダールの巨体がのっそのっそと現れた。

「皆の衆、おはようである！」

生徒に先んじて現地入りした彼は、『中』でいろいろな準備をしていたのだ。

「おっほん。それではこれより、来たる大魔聖祭に備えた強化合宿を開始する！」

ダールの宣言と同時、周囲に緊張が走る。

「此度の合宿における第一回目の課題は――『魔獣狩り』！　今回我が第三学園は、魔術教会の所有する千年樹林を丸っと借り受け、敷地内に百匹の魔獣を解き放った。諸君らには、こやつらを狩ってもらいたい！」

彼の大きく張りのある声が、森の奥深くまでよく響いた。

「解放した魔獣は、E級七十匹・D級二十五匹・C級四匹・B級一匹――合計百匹。各個体には特別な魔術刻印が打たれており、とどめの一撃を加えた生徒に『討伐スコア』が加算されていく。この数値は、魔獣の討伐難度によって異なり、同じD級の個体であっても多少前後する。ちなみに……今回の目玉は森の最奥に放ったB級魔獣『ボルス』。こやつのスコアは非常に高く設定されているが、その分やや手強《てごわ》い故、討伐に臨む際は特段の注意を払って欲しい」

大魔聖祭の出場枠を狙う生徒たちは、『B級魔獣ボルス』の名前を頭に刻み付けた。

「この魔獣狩りは、吾輩のスタートの合図と同時に三時間行い、最終的な『チーム全体の合計スコア』を以って、諸君らの評価とする。――以上、ここまでで何か質問のある者はいるであるか？」

ダールはそう言って、生徒たちへ視線を投げた。

「チーム全体の合計スコアってことは、どっちかって言うと『団体戦の選考』って感じの内容だな」

「この広大な樹林から魔獣を探すとなると、『探知型』の有無で戦略が大きく変わってくるわね……」

優秀な生徒たちは、今の説明をすぐに理解するだけでなく、課題の意図を摑んだうえ、それぞれが取るべき戦略まで考えていた。

（うむうむ。やはりこの世代は、非常に優秀であるなぁ）

ダールは嬉しそうな表情で満足気に頷く。

「どうやら質問もないようなので……最後に一つ、大切な注意事項を伝達しておく。此度のような実戦形式の課題は、本当に何が起きるかわからぬ。もしも命の危険を感じたときは、魔術師が仲間に危険を伝える信号『赤道の八・紅炎筒《こうえんとう》』。これを空へ向けて放つのだ。こう見えて吾輩、けっこう足が速いのである。諸君らが森のどこにいようとも、必ず十秒以内に駆け付けてみせよう！」

ダールはそう言って、丸々と膨らんだ自身のお腹をパシンと叩いた。

「さて皆の衆、準備はよいであるな？　それでは強化合宿一日目――スタート！」

合図と同時、全員が素早く動き出した。

各チームを率いるリーダー格の生徒は、チームメンバーに素早く活動方針を伝えていく。

「行くぞ。狙いはボルス一択だ」

「うちらは探知型もいるし、D級とE級の小粒を全部掻っ攫っていくよ！」

「うっしゃー！　見つけた先から、ガンガン狩ってくぜー！」

各チームが一斉に千年樹林へ飛び込む中、エレンたちもその例に漏れず、深い森の中を走っていた。

「さて、と……。チームの方針、どうしようか？」

「雑魚をチマチマ狩ったってしょうがねぇだろ。当然デケェ一発、ボルスを狙うぞ」

「大物はきっとラストアタックの奪い合いになるわ。ここは安定策を取ってC級とD級、小粒を狙っていきましょう」

一発派のゼノと安定派のアリア。

「あ？」

「むっ」

二人の間に険呑《けんのん》な空気が流れ始めたそのとき、

「それじゃ『森の最奥を目指しつつ、道中の小粒を素早く狩っていって、最終的にボルスを仕留める』ってのはどうかな？」

完璧なタイミングで、エレンが両者の折衷案を提案。

「お前／キミがそう言うなら……」と納得する二人。

朧気《おぼろげ》ながらも、チームのまとまりのようなものができつつあった。

こうして基本的な戦略方針が定まったところで、

（とにかくまずは、魔獣を探さないとな）

エレンはレンズを嵌めたまま、左目に意識を集中させる。

「っと、いたいた。――黄道の十四・雷閃《らいせん》」

眩い雷の閃光が木々の狭間をすり抜け、
遥か遠方の岩陰に潜む、E級魔獣の頭部を正確に射貫いた。

「ギィ!?」

それと同時、彼の右手の甲に累計討伐スコア『十』が浮かび上がる。

「なるほど、こういう感じか……っと、黄道の十四・雷閃」

鋭い稲光が再び駆け抜け、土に擬態していたD級魔獣を打ち抜いた。

低位の魔獣には大した知能がなく、自身の魔力を隠すことができない。

彼らの多くは肉体の構造《つくり》や体色を変え、周囲の環境に擬態することで、捕食者から身を隠しているのだが……。

史上最悪の魔眼は、魔力を色で見分ける。

当然、擬態の類は一切通用しない。

その結果、

「――黄道の十四・雷閃。っと、雷閃。あそこだな、雷閃。あっちもか、雷閃」

エレンは驚異的な速度で、次々に魔獣を仕留めていった。

彼の射程距離は、自身を中心とした約半径三キロの円。

この範囲内にいる魔獣は、超々遠距離攻撃により、即座に死滅する。

そんな調子で魔獣狩りは進み、開始から早三十分が経過。

現在、エレンは全体の約半数――すなわち五十四以上の魔獣をたった一人で狩っていた。

「……なんか、思っていたのと違ぇんだよなぁ……」

「……もう全部、キミ一人でいいんじゃないかな……」

この三十分、ただひたすら森を歩いているだけのゼノとアリアは、どこかやるせない表情を浮かべている。

「あはは。今回の課題は、ちょっと俺向きだったかもな？　っと、雷閃」

エレンはポリポリと頬を掻きながら、さらに追加の魔獣を仕留めた。

それから三人は、時折軽い冗談を交えつつ、森の奥へ進んでいく。

そんなあるとき、

「黄道の十四・雷《らい》……っと、これは……」

エレンの手がピタリと止まり、展開途中の魔術が消えた。

「どうした？」

「何かあったの？」

ゼノとアリアは、不思議そうに問い掛ける。

「……ここから三キロ先、かなり大きな魔力を見つけた。この距離じゃ、一撃で仕留めるのはちょっと難しい」

「おい、それってもしかして……！」

「ボルスなんじゃない!?」

「あぁ、多分そうだろうな」

エレンが頷くと同時、

「よぅし、ようやく俺たちの出番ってわけだな！」

「小粒も相当狩れているし、あとはそいつを仕留めれば、うちのチームがぶっちぎりの一番ね！」

ここまでずっと手持ち無沙汰だった二人のボルテージは、一気に跳ね上がった。

その後、エレンが先頭を進み、ゼノとアリアがその後ろを続く。

雑多な木々を掻き分け、険しい獣道を踏み進み、小さな沼を抜けた先――白銀の大魔獣が、ゆっくりと歩く姿を捉えた。

体高《たいこう》三メートル・体長五メートルにもなろう四足歩行の大型魔獣。

剝き出しの鋭い犬歯・長く尖った爪・ぎょろりとした大きな瞳――ウェアウルフだ。

威風堂々と歩くその姿には、このまま額縁《がくぶち》に収められそうなほどの『確かな迫力』があった。

「――いた。おそらくあの魔獣《ウェアウルフ》がボルスだ」

「なるほど、確かにありゃかなり強ぇな……」

「B級の中でも、相当上位に食い込む魔獣ね」

ゼノが好戦的な笑みを浮かべ、アリアが魔剣白桜を構えると同時、

「……ちょっと待ってくれ」

何故か険しい顔付きのエレンが、鋭い『ストップ』を掛けた。

「あ？　なんでだよ」

「せっかく一番先にボルスを見つけられたのに……。あまりグズグズしていたら、他のチームに横取りされちゃうよ？」

二人は不満気にそう言うが、エレンの慎重な姿勢は変わらない。

「……さっきから妙な魔力が視えたり、視えなかったりするんだ」

「妙な魔力？」

「どういうこと？」

「例のレンズを嵌めたままだから、はっきりとはわからないんだけど……。凄く不安定で不

気味な魔力が、真っ直ぐこの場所に向かって来ている。……今はボルスと戦うんじゃなくて、ちょっと隠れて様子を窺ったほうがいい」

エレンにしては珍しい断定的な口調。

ゼノとアリアはコクリと頷き、その指示に従った。

三人は体から溢れる魔力を完璧に消し、近くの茂みにそっと身を潜める。

どうやらボルスは、この辺りに群生している果実が好みらしく、あまり大きく動こうとはしなかった。

そのまま三分ほどが経過したあるとき——茂みの奥から、白い仮面を付けた謎の人間が姿を現した。

両者はちょうど向かい合う形で遭遇。

「ボルゥウウウ……！」

低い唸《うな》り声を上げ、威嚇するボルス。

それに対して、仮面の人間はチラリと一瞥《いちべつ》し、再び真っ直ぐ歩き始める。

直後、

「ボル、る、ォ……ッ」

いったいどういうわけか、ボルスはゆっくりと崩れ落ち、そのままピクリとも動かなくなった。

「なんなんだ、アイツは……!?」

「今、いったい何をしたの⁉」

ゼノとアリアは、驚愕に目を見開く。

一方のエレンは、明らかな異常事態《イレギュラー》に対し、すぐさま最善の手を考えた。

「あの大魔獣を瞬殺するレベルの魔術師……危険だ。静かにこの場を離れて、絶対に安全な距離を取ってから、ダール先生に合図を送ろう」

「あぁ、そうだな」

「賛成よ」

二人が頷くと同時、

「――おっ⁉　いたぞ、ボルスだ！」

「へっへっへっ、俺たちが一番乗りだな！」

「あれ……でもそいつ、なんかもう死んでねぇか？」

最悪のタイミングで、他のチームの魔術師が突撃してきた。

（……マズい……っ）

謎の仮面が果たして敵なのか味方なのか。

未だその判断さえも付かぬ中、急転直下の事態を迎える。

「ん？　なんだお前……？」

生徒の一人が問い掛けた直後、

「……ふはぁ」

白い仮面が醜悪に嗤《わら》う。

次の瞬間、目にも留まらぬ速度で、『白銀の剣閃《けんせん》』が弧を描いた。

「え？　……ぁ、がぁあああああ……⁉」

泣き別れた右腕が鮮血と共に宙を舞い、男子生徒の凄惨《せいさん》な悲鳴が木霊《こだま》する。

「こ、この野郎……！」

「よくもやりやがったなァ！」

チームメイトの二人が睨んだ先――そこにはもう仮面の姿はない。

「なっ⁉」

「……ぇ？」

二人はどんな攻撃を受けたのかさえ知らぬまま、その場にバタリと倒れた。

ここまで僅か三秒、息もつかせぬ早業だ。

「くっ、くくく……っ、人間！　それも魔術師を食うなんて、随分と久しぶりだなぁ！」

白の仮面は邪悪に嗤い、その魔の手を三人《にく》のほうへ伸ばした。

刹那、

「――呑め、梟」

漆黒の斬撃が迸り、仮面の右腕を斬り飛ばす。

「……なんだぁ？　人の腕を落とすなんて、酷いことをするじゃねぇか……えぇ？」

仮面がゴキッと首を鳴らすと同時、その肩口から新たな右腕が生えてきた。

ボルスを瞬殺した謎の力・人間を食らおうとする奇行・腕を斬り落とされても即時再生する回復力——眼前の仮面は、明らかに並一通りの存在ではない。

「——ゼノ、アリア、援護を頼む」

「「了解」」

エレンが前衛に立ち、二人がすぐさま補助に付く。

こうして突如遭遇した謎の仮面との死闘が、静かに幕を開けるのだった。

第十章……………仮面の魔術師

エレンは左目に意識を集中させ、仮面の人間を観察する。

最も目に付くのは、やはり顔面を覆い隠す白い仮面。

声質から判断して、二十代の男性だろうか。長い漆黒の髪・身長は約百九十センチ・体はやや細身。ゆったりとした黒いローブを纏っており、皮膚の露出はまるでない。

（レンズが阻害《そがい》しているとはいえ、この距離でもはっきりとした魔力が視えない……。あの妙な白い仮面、あれが奴の魔力を隠しているみたいだな）

相手の正確な力量は測れないが、とにかく『敵』であることは確実。

（現状、最優先ですべきは……これだな）

エレンは仮面の男から見えない角度で、短いハンドサインを出す。

するとその直後、最後方にいたアリアが、大きくバックステップを踏んだ。

「――赤道の八・紅炎筒！」

赤銅色《しゃくどういろ》の炎筒が、大空に向かってグングンと伸びていく。

（よし、これで十秒以内にダール先生が来てくれる……！）

彼女が拳を握ると同時、

「ふはっ――白道の五十四・画空閉蓋《がくうへいがい》」

上空に不可視の壁が発生し、紅炎筒が弾き返された。

「「なっ⁉」」

千年樹林には背の高い木々が乱立している。

今のような半端な高度では、誰の眼にも映らなかっただろう。

「くくっ……おいおい、どこのどなたに助けを求めるつもりだァ？」

紅炎筒の意図を見抜いた仮面は、クスクスと嘲笑を浮かべる。

「この千年樹林は、魔術教会の『特別指定管理区域』だ。お前らのような学生が、おいそれと来られるような場所じゃねぇ。どっか近くに監督者がいるんだろ？」

「……いろいろと詳しいな。元魔術師か？」

「『道を踏み外した大先輩』ってところだ」

仮面の男は軽くそう返した後、エレンたちにじっとりとした視線を向ける。

「ほぅ、ほぅ、ほぅほぅほぅ……。厄災の呪刀『梟』・メギドの馬鹿が彫《ほ》った『呪蛇の刻印』・憎たらしい主神の加護『聖眼』！　くはっ、なかなか個性的な面子《メンツ》が揃っているな！」

喜色に満ちた弾む声が、やけに大きく響いた。

「本当はまだ仕事の途中なんだが……まぁいい。ちょっくら遊んでやるよ」

彼はそう言うと、つま先でカツンと地面を叩く。

「──白道の七十五・不知御領《しらずごりょう》」

次の瞬間、まるで薄い膜を張るようにして、仮面の魔力が大地を覆っていった。

「ここより半径三キロを不可知《ふかち》領域で囲った。『中』でどんだけ激しくやり合っても、魔力の魔の字も『外』には漏れねぇ。おいおいどうするよぉ……これでもう増援は望めないぜぇ？」

(((この仮面、無詠唱で七十番台を……!?)))

エレン・ゼノ・アリア、三人の思考が一致。

眼前の敵は、少なくともA級以上──遥か格上の魔術師。

不知御領を張られた今、ダールに応援を求めることも難しい。

三人の表情に緊張が走る中、

「さてさてさーてとぉ……」

下準備を終えた仮面の男は、だらりと垂れた両の袖口から、白銀の双刃《そうじん》を伸ばす。

(……珍しいな。双剣使いか)

エレンがそんな感想を抱いた次の瞬間、仮面の姿が虚空に消えた。

(速いッ!?)

脱力からの超加速。

この一幕だけで、仮面の圧倒的な体術がわかった。

「──まずは『蛇』からいただこうか、ねェ！」

白銀の刃が、ゼノの首元に牙を剥く。

「はっ、甘《あめ》ぇよ！　――黒道の四十二・貳ツ牙《ふたつきば》！」

彼は漆黒の双刃を展開、迫り来る二閃《にせん》の斬撃を見事に打ち払う。

「おっとっとぉ……っ」

奇襲を防がれた仮面は、軽やかな足取りで距離を取った。

「ははぁ、近接もいけんのか？」

「見下してんじゃやねぇぞ、ドカスが！」

十分な間合いが生まれ、にわかに緊張が解《ほぐ》れる中――エレンの瞳だけが、忍び寄る『白銀』を捉えていた。

「――ゼノ、下だ！」

「っ!?」

信頼に足る声を聴き、咄嗟にバックステップ。

直後、白銀の長剣《ちょうけん》が地中から射出され、彼の鼻筋を浅く斬り裂いた。

「くははっ、惜しい惜しい！」

仮面は手を打ち鳴らしてケタケタと笑い、

「こ、この野郎……ッ」

ゼノは眼光を尖らせて奥歯を噛み締める。

エレンの忠告がなければ、喉を貫かれて死んでいた。

その事実が、彼の自尊心《プライド》を傷付けたのだ。

「しかし、今の仕込みをよく見抜いたな……。そっちのてめぇは、探知型の術師かぁ？」

声がしたのは、耳の後ろ。

（さっきよりも、遥かに速い⁉）

エレンが振り向くと同時、白銀の刃が振り下ろされた。

「――青道の十二・水扇《みずおうぎ》！」

「こんな低位の魔術じゃ、止まんねぇぞォ？」

仮面が力を加えると同時、分厚い水の盾は弾け飛び、エレンの首元に鋭い刃が滑り込む。

「別に止めるつもりもないよ。黄道の十五・綴網《つづりあみ》」

水を浴びた仮面のもとへ、大きく広がった電気網《でんきあみ》が飛ぶ。

「っとぉ、危ねぇ、なッ！」

右にサイドステップを踏んだ仮面は、反復横跳びの要領で戻り、強烈な蹴撃を繰り出す。

エレンは両腕をクロスし、完璧な防御を見せたが……。

（これ、は……重い……ッ）

あまりの衝撃を受け止め切れず、大きく後ろへ蹴り飛ばされた。

「いい反応だァ！　まだまだ行くぞォ！」

さらなる追撃を仕掛けようとする仮面に対し、アリアが凄まじい速度で殺到する。

「ちょっと調子に乗り過ぎよ！　白桜流――」

「違う！　後ろだ！」

「え？」

エレンの大声が響いた次の瞬間、アリアの正面にあった仮面の体は、まるで粘土のようにドロリと崩れ――彼女の背後に狂気の笑みが浮かぶ。

「まずは一匹ィ！」

「しまっ!?」

絶死《ぜっし》の白銀が迫る中、自尊心《プライド》を傷付けられた蛇が、鋭い眼光を解き放つ。

「――黒道の五十六・呪刻《じゅこく》【蛇縛《じゃばく》】！」

次の瞬間、アリアの制服に刻まれた蛇の紋様から、紫紺《しこん》の大蛇が鎌首《かまくび》をもたげた。

「っとぉ」

仮面は攻撃対象を変更。

器用にも剣閃を曲げて、蛇の三角頭をザックリと斬り落とす。

一方のアリアは、ゼノが生み出した僅かな時間を利用し、最低限の安全距離を確保した。

「……ありがと、助かったわ」

「礼なら後にしろ。この仮面野郎……只者《ただもの》じゃねぇ」

ゼノとアリアが警戒を強める中、

「ったく……。普通、仲間を呪うかねぇ？」

ゼノの術式を一目で看破した仮面は、どこか呆れた様子で肩を竦める。

次の標的がアリアになるだろうと読んだゼノは、彼女の制服にこっそりと遅延発動式の呪いを仕込んでおいたのだ。

嵐のような攻防が小休止《しょうきゅうし》を見せる中、

「んー……」

仮面の男は唸り声を上げ、ポリポリと頭を掻いた。

「そこのお前、さっきからおかしくねぇか？」

彼の視線の先にいるのは——エレンだ。

「蛇に仕掛けた地中の白銀もバレた。明らかに入ったはずの斬撃も、何故かお前は完璧に反応してみせた。わざわざ隠匿術式を噛ませた緑道の土分身すら、問答無用で見抜きやがる」

ここまで仮面の攻撃の悉くが、エレンの妨害に遭っている。

もしも彼の忠告がなければ、ゼノとアリアはとっくに斬殺されていることだろう。

「どうして俺の攻撃がわかった？　音か？　臭いか？　振動か？」

「さぁな。案外、ただの『勘』かもよ？」

「くくっ、まぁそうだよな。いや、それが正しいぜ？　わざわざ自分の手札を明かす必要はねぇ」

男は肩を揺らし、上機嫌に笑う。

「あーあ、軽くつまむだけのつもりだったが……こりゃ、駄目だわ。お前……ちょっと面白ぇよ」

次の瞬間、仮面の体から不気味な魔力が立ち昇る。

それは明らかに異物の混じった力、人ならざる『ナニカ』に塗《まみ》れた、正しき道を踏み外した力。

「「……ッ」」

エレン・ゼノ・アリアが、最大級の警戒を払う中、

「さぁて、次はちょいとばかし本気《ガチ》で行くぜェ……！」

仮面の瞳は、只々エレンのことだけを見つめていた。

エレンと仮面の視線がぶつかり——両者の姿が煙のように消える。

「フッ！」

「はっはァ！」

交錯は一瞬。

黒と白銀が幾多の閃を描き、その軌跡に沿って、紅い火花が咲き乱れる。

「いいぞいいぞォ！　近接もこなせる探知型！　そういう常道から外れた型《イレギュラータイプ》、嫌いじゃねぇ、ぜッ！」

繰り出されるは鋭い上段蹴り。

「お気に召して何よりだ、よッ！」

エレンはそれをスウェーバックで回避、戻りの勢いを利用して、黒剣《こっけん》を大地に突き立てた。

「――喰《は》え、梟！」

瞬間、仮面の足元から、大口を開けた汚泥が噴出。

「おーおー。癖の強い梟をよくもまぁそこまで手懐《てなず》けたもんだ」

彼は二度三度と跳び下がりながら、両手をパンと打ち合わせる。

「緑道の七十四・亜樹林解根《あじゅりんかいこん》！」

先端の尖った巨大な木の根が地面から立ち昇り、エレン目掛けて一斉に殺到する。

「くっ、白道の十八・天蜘蛛糸《あまのくもいと》！」

エレンは周囲に粘着性の白糸《しらいと》を飛ばし、聳え立つ大木に接着――それらを一気に手繰《たぐ》り寄せ、迫り来る木の根と相殺させた。

「ほぉ、この自然環境を利用したか！　面白ぇことを考えんなァ！」

仮面は感心したように笑いながらも、攻撃の手を緩めない。

「ささて、そんじゃこいつはどう凌ぐ？　青道の七十九・瀑雹天臨《ばくひょうてんりん》！」

次の瞬間、頭上を覆い尽くすは、岩のような大量の氷塊。

「そぉら、踊れェ！」

仮面が指を弾くと同時――遥か上空で風の爆発が起こり、砕け散った大量の氷塊が、凄まじい速度で降り注ぐ。

「これ、は……ッ」

史上最悪の魔眼は、魔力を『色』で見分ける。

エレンの瞳が捉えたのは、視界一面に広がる『黄色』。

黄色は危険地帯。

すなわち現状――逃げ場なし。

「青道の十九・水衣《みずごろも》！」

エレンは全身に水の衣を纏った後、吹き荒《すさ》ぶ氷塊を迎撃。

ときに斬り、ときに躱し、ときに受け流し――研ぎ澄まされた体術と唯一無二の瞳力を以って、なんとか凌いでいく。

だが、

（さすがに数が多過ぎるぞ……っ）

高速かつ不規則に降り注ぐ氷塊。

それら全てを完璧に回避することは難しく……。

「……ッ」

手や足・肩口や頬にいくつかの裂傷を負ってしまう。

ただそれでも、致命に至るものはなく、七十番台後半の青道をほとんどその身一つで凌ぎ切った。

(魔術の規模が違い過ぎる……っ。このままじゃジリ貧《ひん》だ……ッ)

仮面の繰り出す魔術はどれも七十番台、一つ一つが文字通りの『必殺』。

ほんの僅かな気の緩みが、瞬《まばた》き一つが死に直結してしまう。

しかも、それだけじゃない。

「——余所見《よそみ》してんじゃねぇぞォ!」

大魔術を行使した後、次の攻撃までに生まれるはずの『溜めの時間』。

仮面はその隙間を埋めるように、白銀の剣閃を詰めてくるのだ。

強力な魔術が雨のように飛び、激しい剣戟が火花を散らす中、

(くそが、戦闘の展開が速過ぎんだろ……っ)

(これじゃ、補助魔術で援護することもできない……ッ)

ゼノとアリアは、ひたすら歯痒《はがゆ》い思いをしていた。

今ここで援護魔術を放てば、エレンの神懸《かみが》かった回避の邪魔になるかもしれない。

『全てを見切る魔眼』を持たない二人は、ジワリジワリと削られていく仲間《エレン》の姿を、ただ眺めていることしかできなかった。

その後も激しい戦いは続くが……。

攻め立てる仮面と防御一辺倒のエレン、その構図に変わりはない。

「はっはァ！　いい感じに温まって来たぜェ……！」

仮面の速度はさらに増していき、エレンの鮮血が大地を彩る中、

（……十二万三千八百二十一、十四万七千九百八十三、十八万二千六百五十四……）

彼の左眼は、『別の次元』を見つめていた。

「──黄道の十四・雷閃」

「おいおい、どこ撃ってんだ？　そろそろ限界かァ!?」

仮面は稲光を容易く回避し、お返しに鋭い蹴撃を見舞う。

エレンはそれをギリギリで避けながら、先ほど放った『雷閃の結果』を分析していく。

（うん、やっぱりあそこは違うな。……二十万飛んで、三十万千二百三十九、三十四万五千七百二十一……）

激しい戦闘の最中にもかかわらず、どこか上の空な彼に対し、仮面は苛立ちを募らせていく。

「……ガキが……舐めてんじゃねぇぞォ！」

目にも留まらぬ剣閃が空を断ち、エレンの肩口に紅が咲いた。

しかしそれでも、彼の表情は微塵も揺るがない。

その後、幾多の死線を潜り抜け、白銀の剣閃を超えた先――。

「――視つけた」

複雑怪奇の術式の中、赤く輝く『致死点』を発見した。

これを魔力で貫けば、術式破却が成立し、不知御領は崩壊。

異変を感知したダールが、すぐにこの場へ駆け付けることだろう。

そう、この戦いには『特殊勝利条件』があったのだ。

ここに来てようやく、エレンの狙いに気付いたゼノとアリアは、思わず体を震わせる。

(あの野郎……っ。一つでも判断を誤《ミス》れば即死の状況で、術式の矛盾点を探していたのか!?

どれだけ図太《ずぶて》ぇ神経をしていやがんだ……ッ)

(……凄い。私と戦ったときよりも、遥かに魔眼を使いこなしている……!)

しかし――。

「ほぉ……なるほどなァ、ようやく合点《がてん》がいったぜ。――術式破却だろ?」

仮面は見透かしたように笑い、空中に人差し指を走らせた。

「でも残念、そいつは通らんぜ」

次の瞬間、魔術の起点はそのままに、術式構成が目まぐるしい速度で組み替えられていく。

「「なっ!?」」

これではとてもじゃないが、術式破却を成立させることはできない。

「いやしかし……お前、マジで凄ぇよ。純粋に尊敬する。あの高速戦闘の最中、よく不知御領の中心部――その矛盾点を見つけ出した。ここまで探知を極めた術師は、うちの組織にもいねェ」

仮面から零れたのは、心の底からの賞賛。

「それはどうも。ただ……勝利を確信するには、ちょっと早いんじゃないか？」

「……あ？　どういう意味だ」

「だって俺の『本命』は――こっちだからな！」

彼は大きく息を吐き、とある魔術を発動する。

「――黒道の七十七・崩珠！」

次の瞬間、エレンの大魔力が、不知御領の中心部分へ注ぎ込まれていく。

これは大聖堂でヘルメスから学んだ術式。

魔術の中心部分に膨大な魔力《いぶつ》を注ぎ込み、内部崩壊を起こさせるという只々純粋な『力業』だ。

「なるほどなるほどォ、どれだけ術式の構成を変えようが、その核となる部分の位置は大きく変わらねェ。不知御領の中心部を見抜いた今、崩珠は確かに有効な解呪法と言える。だが……ぷっ、くはははっ！　この俺と『魔力勝負』ったぁ、正気の沙汰とは思えねェなァ！」

仮面は嘲笑《わら》った。

崩珠とは詰まるところ、『術式破壊』と『術式保護』――両者の魔力の押し相撲。

これに勝ったほうが、自らの意を為すことができるのだ。

そして――仮面の特異な体には、異なる二種類の魔力が流れている。

すなわちこの勝負、最初から一対二という不条理。

(『二つの魔力タンク』を持つ俺と……魔力勝負だァ？)

そのあまりにも愚かな判断を、彼は高らかに嗤い上げたのだ。

「いいぜェ、相手になってやるよ……！」

仮面は赤子の手を捻るような気持ちで、エレンの最後の希望を握り潰すつもりで、不知御領に莫大な魔力を送り込んだ。

その直後、仮面が幻視したものは――深淵。

「……あ？」

黒く、昏く、深く――まるで底の見えない、エレンのおぞましい大魔力。

(なん、だ……これは……ッ!?)

心臓を鷲掴みされたような恐怖が、全身を駆け抜けた次の瞬間――不知御領は完全崩壊、不可知領域は音を立てて砕け散った。

エレンの崩珠が、見事に炸裂したのだ。

「野郎、やりやがった……！」

「凄ぃ……！」

ゼノとアリアが感嘆の声を上げる中、

「……おいおぃ、さすがに笑えねぇな……」

仮面の奥から、本気の殺気が溢れ出す。

先ほどまでは、ちょっとした『興味』だった。

面白い術師を見つけたから、適当に遊んで、嬲《なぶ》り殺しにしてやろう。

そんな軽い悪戯心だった。

しかし、今は違う。

エレンという魔術師を、魔術の道を進みて二か月やそこらの赤子を、自身を脅《おびや》かす『敵』と正しく認識したのだ。

「――てめぇは今、ここで死ね」

崩珠を成功させ、疲弊したエレンのもとへ、悪意に満ちた白銀が迫る。

それと同時――耳をつんざく轟音が大気を打ち鳴らし、凄まじい衝撃波が千年樹林を駆け抜けた。

「あぁ？」

まるで爆発音かと錯覚するほどのそれは、大地を踏み砕くそれは――足音。

仮面が怪訝《けげん》な声を上げた次の瞬間、

「――ぬぅうううおおおお！」

肉々しい巨体が、進路上のありとあらゆるものを蹴散らし、茂みの奥から飛び出した。

「白道の八十八・極星慈雨《きょくせいじう》！」

降り注ぐは極星の輝き。

絶大な魔力の込められた『単体殲滅魔術』。

「おいおい、マジか……!?」

仮面の男はこの日初めて、必死の回避を試みた。

直後、絶大な破壊が辺り一帯を蹂躙《じゅうりん》し、激しい土煙が巻き上がる。

「うぅむ、なるほど……。何やら妙な気配を感じると思えば、不知御領が張られていたのであるか。――エレン、よくぞやってくれた。七十番台の結界を破壊し、吾輩に異常を知らせてくれた。その働き、真《まこと》に天晴《あっぱれ》極まる！」

「こちらこそ、助かりました。……それにしても、本当に足が速いんですね」

途轍もない大破壊をもたらした男は、ニッと微笑み、丸々としたお腹をバシンと叩く。

「さっ、選手交代である。――謎の仮面よ、これより先は、吾輩が相手になろうぞ！」

グランレイ王国の『鉄壁』――ダール・オーガストが戦場に降り立った。

第十一章…………『鉄壁』ダール・オーガスト

ダールの濃密な存在感が戦場を支配する中、前方の土煙が勢いよく弾け飛んだ。

「くははっ！　こりゃなんの因果だァ？　いいぜ、いいぜぇ……最高に面白くなってきやがった！」

仮面は瞳に憎悪を滾らせ、莫大な魔力を解き放つ。

「緑道の八十一・轟龍樹誕《ごうりゅうじゅたん》！」

次の瞬間、彼の背後にある大地が、唸り声を上げてせり上がり――山のような巨龍と化した。

「で、デカいッ!?」

「なんて規模の魔術だ……っ」

「この仮面、本当に何者なの!?」

エレン・ゼノ・アリアが目を見開く中、

「白道の八十四・金剛阿修羅《こんごうあしゅら》」

ダールの背後に巨大な金剛阿修羅が浮かび上がり――慈愛《じあい》の高速剛打《ごうだ》を以って、迫り来る巨龍を木端微塵《こっぱみじん》に叩き潰した。

まるで天変地異《てんぺんちい》のような魔術合戦は、遥か遠方からも視認される。

「お、おいおい、いったい何が起きてんだ……⁉」

「あっち！　ダール先生が戦っているわ！」

「鉄壁のダールとやり合うなんて、いったいどこの馬鹿野郎だ⁉」

千年樹林の各所に散っていた他の生徒たちが、ぞろぞろと集まってきた。

巨龍と金剛阿修羅が消え、激しい衝撃波が吹き荒れる中、

「――そぉらァ！」

仮面が持ち前の機動力を活かし、接近戦を仕掛けた。

「むっ⁉」

「内臓、いただきィ……！」

輝く一対の双刃が、ダールの腹部に突き立てられた瞬間――白銀は粉々に砕け散る。

「な、ぜ……⁉」

「吾輩が本気で固めた魔力障壁、そのような鈍らでは通らぬ」

次の瞬間、分厚い魔力に包まれた掌底が、仮面の鼻《はな》っ柱《ばしら》を撃ち抜く。

「ぱラッ⁉　ぁ、ゴ、が……っ」

彼は何度も地面に体をバウンドさせながら、遥か後方へ吹き飛んでいく。

「す、凄い……。あれだけ強かった仮面が、手も足も出ないなんて……っ」

「けっ……。ムカつくが、噂通りの化物っぷりだな……」

「これがグランレイ王国の『鉄壁』ダール・オーガスト……」

エレン・ゼノ・アリアは、ダールの絶対的な強さに舌を巻く。

そんな中、

「はぁはぁ、やっぱてめぇは強ぇなァ……っ。この絶望的な力の差……あの頃からまったく埋まらねぇ……。ほんと、虚《むな》しくなるぜ……ッ」

仮面は荒々しく息を吐きながら、ゆっくりと戦場に戻ってきた。

「貴様……吾輩のことを知っているのであるか？」

「『知っている』？　おいおい、悲しいことを言うじゃねぇか……。かつて共に魔術を学んだ『大親友』のこと、まさかもう忘れちまったのか？」

白い仮面が音を立てて砕けていき、その素顔が露《あらわ》になる。

ハイライトのない濁《にご》った瞳に、スッと通った綺麗な鼻筋。

口の端の斬り傷と右の目元の古い火傷痕《やけどあと》が、よく目立っていた。

「そん、な……馬鹿な……ッ」

仮面の正体を目にしたダールは、驚愕に言葉を失う。

「先生、この男のことを知っているんですか……？」

エレンの問い掛けに対し、ダールは深く重く頷いた。

「……こやつの名はグリオラ・ゲーテス。吾輩のかつての親友《とも》であり、三十年前、この手で焼き殺した元A級魔術師である……ッ」

「や、焼き殺したって……っ」

アリアが息を呑む中、ダールは難しい表情で口を開く。

「……かつてグリオラは魔術教会の禁書庫を漁《あさ》り、『最重要機密』を持ち出したうえ、番《ばん》をしていた十人の魔術師《なかま》を惨殺。とある魔族が治める国へ亡命を試みた。当時『殲滅部隊』を率いていた吾輩は、教会上層部の命を受け――こやつを処分したのである」

事件のあらましを端的に語ったダールは、それ以上のことは深く話そうとしなかった。

「グリオラよ。貴様はあのとき、確かに吾輩が焼き殺したはず……。いったい何故、生きているのだ？」

「確かにあのとき、俺はこっぴどく負けた。てめぇの『灼熱』に焼かれ、骨の髄まで焦がされた。そうして命の水が尽きようかというそのとき、どうせ死ぬならばと思って、一か八かに賭けてやった」

グリオラはそう言いながら、ローブのジッパーを下ろし、上半身を曝《さら》け出す。

するとそこには――ドクンドクンと強い鼓動を刻む、紫色の心臓があった。

「魔人…細胞……ッ。グリオラ、そこまで堕《お》ちたであるか……！」

魔人細胞を摂取し、その因子と適合できれば、魔術師は魔人になれる。

これは魔人化と呼ばれる現象であり、魔術師にとって最大の禁忌の一つだ。

「ははっ、これも成り行きさ。俺が魔人細胞を選び、魔人細胞が俺を選んだ。ただ、それだけのことだ」

グリオラはローブを着直した後、懐からとある『ブツ』を取り出した。

「――ダール、お前もこいつを食え」

無造作に地面へ放られたそれは、邪悪に蠢く紫の塊。

「その『魔の果実』を食えば、魔人になることができる！　もちろん、因子に適合できなければ、ただ無駄死にするだけだが……。お前の強靭な肉体ならば、なんの問題もないだろう！」

グリオラは瞳の奥に歪んだ正義感を滾らせながら、自身の思いの丈を熱く語る。

「人間はどこまでいっても劣等種、その小さな枠の中にいては、大きな変革を為すことはできない……。だが、魔人は違う！　疑似的な不老不死！　超人的な膂力！　そして何より、他の種族と一線を画す、圧倒的な大魔力！　――ダール、お前も魔人になれ！　そしてもう一度、俺と一緒にやり直そう！　今までのことは、全て水に流してやる！　またあの頃のように、俺と一緒に『新たな秩序』を作るんだ！」

「道は違《たが》えた、もはや元の鞘《さや》には納まらぬ。それに何より――貴様の理想とする世界には、あまりにも死が多過ぎる。吾輩はもう血の道を抜けたのだ」

「はっ。『憤怒』のダールが、今更綺麗事抜かすんじゃねぇよ」

「……その二つ名は、とうの昔に捨てたのである」

頑《かたく》なに考えを変えようとしないダールに対し、グリオラは怒りを滲《にじ》ませる。

「馬鹿が。人の業《ごう》は、そう簡単に変わらねぇよ！　お前の腹の底には、今も憤怒が渦巻いている！　どうしようもねぇ破壊衝動がなァ！」

「……」

「いいぜ。今から俺が、てめぇの本性を解き放ってやるよォ！」

グリオラの全身から、不気味な魔力が湧き上がる。

「よぉく見ておけよォ？　これが魔人となり、生まれ変わった俺の力だ……！　刃道《じんどう》の壱《いち》・羅《ら》生斬《しょうざん》！」

白銀の斬撃が凄まじい勢いで空を駆け、

「これ、は……!?　白道の七十三・皇城塞門《おうじょうさいもん》！」

聳え立つ巨大な城塞が、それを防御する。

しかし、

「はっ、甘ぇぞォ！」

「ぬぉっ!?」

グリオラの放った斬撃は、ダールの防御魔術を打ち破り、彼の肩口に深い太刀傷を刻み付けた。

（刃道、『固有魔術』……っ。なるほど、それが魔人化の恩恵であるか……ッ）

魔術の基本は『六道』。

しかし、その外に位置する番外の力――固有魔術というものがある。

これは血統・地縁・才覚といった先天的な要素が大きく、努力や根性で身に付くものではない。

ただし、極一部の例外事項――例えば魔人化などによる生まれ変わりを経て、後天的に会得《えとく》することがあり、グリオラの場合はまさにこれだ。

「さぁ、早く本気を出せ、ダール！　あの頃のてめぇを呼び起こせ！　その腑抜《ふぬ》けた白道を見ていると、吐き気がするんだよ！」

「ふぅー……。この力は好かぬが……やむを得まい」

ダールは長く息を吐き、髪をゆっくりと掻き上げた。

「――灼道《しゃくどう》の壱・煉獄憑依《れんごくひょうい》」

次の瞬間、彼の固有魔術が展開――灼熱の獄炎が噴き上がり、その全身を紅く包み込んだ。

目が痛くなるほどの熱量、肌を突き刺すような大魔力、文字通り桁違いの存在感を放っている。

「さて……これより先は、地獄であるぞ？」

「そんなもん、今まで何度も見てきたぜ」

その後の戦いは、真実熾烈を極めた。

「ぬぉおおおおおお……！」

「ハァアアアアアアア……！」

互いの魔術を尽くした、激しくも美しい殺し合い。

「灼道の参《さん》・下下焦炎刃《かかしょうえんじん》！」

「刃道の伍《ご》・銀零斬《ぎんれいざん》！」

灼熱と白銀が幾度となく衝突し、鮮血と魔力が千年樹林を彩っていく。

それからどれぐらいの時間が経っただろうか。

「はぁはぁ……。さすがだ、ダール……っ。魔人の力を以ってしても、まだ届かねぇ……ッ。は、ははは……やっぱりお前は凄ぇよ……」

満身創痍のグリオラは、どこか清々しい顔をしていた。

「ふぅー……っ」

一方のダールは数多の太刀傷を負っているが、どれも命には至らぬ軽傷、『肉の宮』はいまだに健在。

戦いの趨勢は、既に決した。

三十年前に置いてきた課題を、彼は今、ようやく終わらせる。

「……さらばだ、我が親友《とも》よ。せめて痛みなく滅《めっ》しよう。——灼道の拾《じゅう》・日輪轟来《にちりんごうらい》」

凄まじい魔力が吹き荒び、天空に大炎球が浮かび上がる。

それは万象を焼き焦がす灼熱の一撃。

まともに食らえば、細胞のひとかけらさえ残らないだろう。

「はは……。さすがにそいつはやべぇな……っ」

グリオラの背中に冷たいものが走った。

「はぁー……長かったなァ……ここが終着点、か。……そんじゃ俺も、最後に手向《たむ》けを送ってやるよ。――刀道の漆《しち》・天千銀掃《てんせんぎんそう》」

天に浮かぶは、白銀の千刃《せんじん》。

その一本一本に極大の魔力が込められた、『超広域殲滅魔術』。

彼はその照準を――静かにこの戦いを見守る、王立第三魔術学園の生徒たちへ向けた。

「な、何を……!? これは吾輩と貴様の戦いである！ 生徒たちは関係ない！」

「よく聞け、ダール。『鉄壁』という腑抜けた偽を捨て、『憤怒』という生来の真《しん》を取れ。これは餞別《せんべつ》、古い友人からの最後の忠告だ」

「き、貴様ァ……ッ」

己が憤怒を以って、グリオラを殺すか。

己が鉄壁を以って、生徒を守り抜くか。

究極の選択を強いられたダールは、かつてないほどに思考を巡らせていく。

今ここで日輪轟来を解き放てば、確実にグリオラを屠《ほふ》れる。

しかしその場合、愛する生徒たちは、間違いなく皆殺しにされてしまう。

今ここで広域防御魔術を展開したとして、天千銀掃を防ぐことは難しい。

しかもこの場合、自分は戦闘不能になるほどの大ダメージを負い、生徒を守り切れる保証もなく、グリオラの脅威は健在。

ダールの魔術適性は赤道と灼道――この二属性は、白道との相性が最も悪い。

実際に彼が一番苦手とする魔術は、何を隠そう白道であった。

(どう、する……ッ)

リスクとリターン。

魔術師としての自分と教師としての自分。

ありとあらゆることを嚙み締め――重い決断を下す。

「……万死を賭《と》して、大魔《たいま》を滅す。学生とはいえ魔術師、この道を選んだ覚悟はあろう。……許せ」

ダールは短く詫び――憤怒の道を選んだ。

魔術師としては、それこそが正解《ただしい》。

彼が責められる道理は、どこにもない。

「ははっ、そうだ！　それでいい！　結局、お前の本質は破壊だ！　親友も生徒も妻も息子も、全てを焼き尽くす！　それでこそ、お前だ！　俺たち殲滅部隊の憧れた『憤怒のダール』だァ！」

グリオラは叫び、己が魔力を研ぎ澄ませていく。

「さぁ、俺を燃やし尽くせ！　愛すべき者を全て失え！　そしてあの頃のお前に戻るんだ！

刃道の漆・天千銀掃ッ！」
超広域殲滅魔術が展開され、『死の白銀』が一斉に生徒たちへ牙を剝く。
その直後、
「――灼道の拾・日輪轟来！」
全てを焼き尽くす大炎球が、途轍もない輝きを放つ。
（皆の衆、すまぬ……っ。だが、グリオラだけは、ここで確実に仕留める……！）
瞬間、ダールの脳裏をよぎったのは、生涯忘れることのない『あの記憶』。

今より三十年ほど前――。
グランレイ王国に、一人の魔術師がいた。
男の名前はダール・オーガスト。
弱冠《じゃっかん》二十歳にして、魔術教会直属『殲滅部隊』の隊長を務める、若き天才魔術師だ。
『憤怒のダール』の名は、魔術界において恐怖と憧憬《どうけい》の象徴だった。
ひとたび彼が戦場に踊り出れば、まさに一騎当千《いっきとうせん》。
「灼道の肆《よん》・焦熱浄土《しょうねつじょうど》！」

生来の固有魔術――灼道という圧倒的な破壊の力で、幾多の魔人を葬り去っていく。

「お、おい、ダール……！　いくらなんでも、今のはやり過ぎだぞ！」

「さっきの魔人たちとは、まだ交渉の余地があっただろう!?」

「……行き過ぎた殺しは、すなわち『悪』だよ？」

年上の部下たちの忠告、彼はそれを笑い飛ばした。

「がっはっはっはっ、そんなものは知らん！　こいつらは人間を貪り食う悪しき魔人だ！　情《じょう》状《じょう》酌《しゃく》量《りょう》はもとより、交渉の余地など微塵もない！　それに何より、俺の灼熱の魔力こそが、この絶対的な力こそが『正義』！　大魔を滅《めっ》殺《さつ》するのが、魔術師としての責務だろう！」

ダールは魔術師として正しかった。

彼の考え方は決して間違っていなかった。

実際そのおかげで、大勢の人たちは助かった。

確かに多くの血は流れたが、それよりもたくさんの命が救われてきた。

しかし、彼の正しさは、苛烈に過ぎた。

深く沈んだ鳥は、天高く飛び上がるが如く、強過ぎる力は、やがて大きな反発を生む。

それは月明かりの綺麗な夜のことだった。

魔人の大群が、ダールの屋敷を襲撃した。

「姫様の仇《かたき》ぃいいいいいいいいい……！」

「魔術師ダールを殺せぇぇぇぇぇぇぇぇ！」

かつてダールが滅ぼした、とある魔人の残党たちが、忠義の心と憎悪の灯火を燃やし、決死の夜討《やう》ちを仕掛けてきたのだ。

「はっ、害虫《ごみ》どもめが……。まとめて返り討ちにしてくれる！」

寝込みを襲ったところで、ダールの強さに変わりはない。

「灼道の陸《ろく》・閃熱地獄《せんねつじごく》！」

「「ぐぁあああああああ!?」」

灼熱の大魔力が迸り、多くの魔人が燃えていく。

しかし――ここは戦場ではない。

この屋敷には、ダールの守るべきものがいた。

「きゃぁ!?」

ダールが灼熱を放つと同時、女性の悲鳴が上がる。

「す、すまん……大丈夫か!?」

「は、はい……っ」

この家には今、ダールの最愛の妻ローレット・オーガストがいるのだ。

彼女もまた優秀な魔術師だが、今は妊娠八か月目――激しい戦闘など、以ての外だ。

「し、しばしの間、奥の隠し部屋に隠れていろ！　この俺が、すぐに終わらせてくる……！」

ダールはそう言って、彼女を送り出した。

灼熱の力は、守りに向かない。

これまで守る力を磨いてこなかった彼は、最愛の妻の隠れる部屋に、結界の一つも掛けてやれなかった。

その後、どれぐらいの時間が経っただろうか。

憤怒の灼熱と怨恨《えんこん》の魔術が火花を散らし、ダールの屋敷が半焼した頃、

「こ、の……化物、が……ッ」

閃熱の刃が肉を断ち、最後の魔人が燃え尽きた。

「はぁはぁはぁ……っ。さすがに百体は……多いである、な……ッ」

ダールは重たい体を引きずり、大急ぎで妻のもとへ向かう。

「ローレット、ローレット！　無事、か……？」

扉を開けるとそこには――腹部を貫かれた、ローレット・オーガストの姿があった。

「……嘘、だろ……？」

ダールが激しい戦闘に身を投じている最中、とある魔人が隠し部屋を発見し、ローレットを襲撃。彼女は必死に応戦するも、相討ちとなってしまったのだ。

「こ、こんなこと、あるわけが……ッ」

眼を疑った。

まるでときが止まったかのような錯覚を覚えた。

そんな中、

「……ダー、る……？」

ローレットの掠《かす》れた小声が響いた。

「……！」

ダールは眼を大きく見開き、すぐさま彼女のもとへ駆け寄った。

「よくぞ……よくぞ生きていた、ローレット！　大丈夫だ！　俺は超天才魔術師だからな！

こんな傷、すぐに治してやるぞ！」

彼は言うが早いか、すぐさま回復魔術を展開。

「――白道の三十五・快癒《かいゆ》の光《ひかり》！」

しかし――せっかく構築した術式は、すぐに論理破綻を起こし、霧のように消えていく。

「ぐ……っ」

この頃のダールの魔術適性は赤道と灼道。

白道は最も苦手とするところであるうえ、彼はその基礎的な修業を怠っていた。

「……ごめんな、さぃ……。お腹の子ども、守れなかっ……た……ッ」

ローレットの朧気な瞳から、一筋の涙が流れ落ちる。

「な、何を言っているんだ！　大丈夫、二人とも助けるって言っただろう？　俺の知り合いに、凄腕の医者がいる！　天才的な白道使いだ！　ただでさえ扱いが難しいとされる回復魔術、その六十番台をなんと無詠唱で使えるんだ！」

なんとか元気付けようと、明るい話を絞り出すが……現実は何一つとして変わらない。

彼女の腹部からは、鮮血が止め処《ど》なく溢れ出し、その瞳からは生気が抜けていく。

（……血が、止まらない……。くそっ、いったいどうすれば……!?）

自分は白道の回復魔術を碌に使えない。

このまま病院へ運んだとして、到底間に合うはずもない。

ダールが答えのない問題に頭を悩ませていると、

「……ありが、とう……。あなたのこと、ずっと、ずっと……愛していまし……た……」

ローレットは最後に一度だけ柔らかく微笑み、それっきり動かなくなってしまった。

「ろー、れっと……？」

名前を呼ぶが、返事はない。

「お、おい、ローレット！　意識をしっかりと持て！　大丈夫、助かるから！　絶対に俺がなんとかしてやるから！」

肩を揺すれども、返事はない。

彼女の心臓はもう、鼓動を止めていた。

「……ぉ、お……ぉおおおおおお……ッ」

夜の闇に男の悲痛な慟哭《どうこく》が響く。

「……何故、だ……何故なんだ……っ」

どれだけ魔力を滾らせようとも、出てくるのは灼熱の業火――無意味で空虚《くうきょ》な破壊の力のみ。

時間はあった。

白道を学び、回復魔術を修めるだけの時間など、いくらでもあった。

しかし、それをしなかった。

この灼熱の力があれば、全てそれで事足りると胡坐《あぐら》を掻いてしまったのだ。

彼は自身の怠慢を悔い、自身の驕りを憎み、自身の無力を呪った。

「……神よ、お願いだ。もうこんな破壊の力などいらん。この命だってくれてやる！　だから、頼む……頼むよ……。最愛の家族なんだ……ッ」

膝を折り、頭《こうべ》を垂れ、生まれて初めて神に祈った。

大粒の涙をボロボロと流し、ひたすら天に願い請うた。

そのとき――屋敷の裏手にある森の中から、若い男女が歩いてきた。

「あー……くそっ、なんでこんな金にならねぇ仕事、このあたしが引き受けなきゃならんのか……」

「あはは。金の亡者《もうじゃ》っぷりは、相も変わらずだねぇ」

見るからに気の強そうな女とクラウンメイクを施した道化師の男。

どこか浮世《うきよ》離れした雰囲気を放つ二人組は、煌々と燃え盛る大きな屋敷と、そこで泣き崩れるダールと血塗れのローレットを発見した。

「おやおや……これはまた酷い状態だねぇ」

「……魔族の襲撃に遭ったのか」

「ねぇレメ。なんか可哀想だし、治してあげたら？」

「はぁ……お前のその無駄な博愛主義はなんなんだ？　中は腐り尽くしているくせに……」

「あはぁ、誉め言葉として受け取っておくよ」

二人の会話の中、ダールの耳に届いたのは、『望外《ぼうがい》の可能性』。

「な、治せるのか!?　妻を……この状態を治せるというのか!?」

「うん、任せておくれ。彼女なら朝飯前だ」

「おいこら糞ピエロ、てめぇ何勝手に安請《やす》け合いしてんだ？」

「そう怒らないでよ。お金なら、後でちゃんとボクが全額支払うからさ。……でも、そんなことを言いながらも、どうせ治してあげるつもりだったんでしょ？」

旧友《きゅうゆう》の見透かしたような口ぶりに苛立ちつつも、図星を突かれただけに言い返すことができない。

「うっせぇボケが！　深夜料金だ、三割増しで請求すっからな！　――白道の九十七・天巣回《てんそうかい》帰《き》」

乱雑に唱えられたその魔術は、奇跡の九十番台。

本来これは、神殿で大儀式を構え、優秀な魔術師を多数揃え、年単位の長い時間を掛けて、なんとかようやく行使する神の奇跡。

彼女はそれを気軽に無詠唱で発動してみせた。

天より舞い落ちる幾千の術式、それらは複雑に絡み合い、神秘的な回復魔術が織りなされていく。

(な、なんという、魔術技能だ……ッ)

ダールが息を呑んでいる間にも、ローレットの顔色はみるみるうちに生気を取り戻していき、すーっすーっという規則的な呼吸音が聞こえてきた。

「ほれ、治療終わり。まだ意識は戻っちゃいねぇが、そのうち目を覚ますだろ。あー……あとあれだ。腹ん中のガキも、ついでに治しといたぞ」

「お、おぉ……おぉおおおお……ッ」

もはや言葉にならなかった。

「――ありがとう、本当にありがとう……ッ」

何度も何度も床に頭をぶつけ、ひたすらに感謝の言葉を繰り返す。

「気にすんな。サービス料も含めて、金はこの腹黒ピエロから、たんまりとふんだくるからな」

女がそう言って、視線をチラリと横へ向けると、

「んーっ。やっぱり君の白道は、いつ見ても本当に美しいねぇ……ッ」

道化師の男は、恍惚《こうこつ》とした表情を浮かべていた。

「お前……可哀想だなんだと抜かしていたけど……。実際はただ、あたしの魔術が見たかっただけだろ？」

「うん」

「……はぁ、もういい。何百年経っても、そういうところだけは、なんにも変わらねぇな……」

女は大きくため息をついた後、クルリと振り返った。

「――あんた、『憤怒のダール』だろ？」

「俺のことを知っているのか……？」

「風の噂でな。……まぁ、あんたは確かに強い。これだけの魔人を一人で殺《や》り切るなんざ、なかなかそうできることじゃねぇ。――だがな、ただ強ぇだけじゃ救えねぇぜ？　大切なものを守りたかったら、『守る強さ』を身に付けろ」

「守る強さ……。ど、どうすればいい？　俺はどうすれば、あんたのような『本物の魔術師』になれる!?」

「知るか馬鹿。自分で考えろ」

容赦なく斬り捨てた直後、道化師の男が唸り声を上げる。

「んー、そうだなぁ……。まず君は雰囲気がとても怖いから、もっと体を丸くすべきだね。あとは……言葉遣いも柔らかくしてみたらどうかな？　『である』口調とか、けっこういいと思うよ？」

「てめぇは黙っとけ！　ちっ……あれだ、白道を学べ。最低限、自分の大切なものを守れるだけの力を身に付けろ。まずはそっからだ」

「……白道……」

ダールがポツリと呟いた後、謎の男女はクルリと踵を返す。

「――そんで話を戻すが、『例の眼』はどこだ？」

「さぁねぇ……。もうここに在《あ》るのかもしれないし、まだ生まれてないのかもしれない」

「てめっ、このペテン師野郎！　『見つけた』っつって、呼び出したよなぁ⁉」

「あれぇ、そうだっけ？　でもまぁ、座標は間違いなくこの近辺だし、時間軸も前後百年以内……。頑張って探そうよ、『次代の器』をさ」

二人は何やら奇妙な会話を交わしながら、夜闇の中に消えていった。

ダールの人生において、最も壮絶で過酷な一夜が明けた次の日――魔術教会に激震が走る。

「お、おい……待てよ、ダール！　殲滅部隊を辞めるって、本気で言っているのか⁉」

「一から白道を学び直すぅ⁉　そりゃいったいなんの冗談だ⁉」

「だ、『第三の教師』ぃ⁉　お前が⁉　なんでまた⁉」

灼熱という破壊の力に溺《おぼ》れ、本当の強さを見失った、愚かな魔術師は死んだ。

「俺は……否。吾輩は全てを守る白魔術師──『鉄壁』のダールである！」

そして新たに、己が憤怒を捨て去った、心優しい魔術師が生まれたのだった。

◇

グリオラとダールの大魔術が激突し、凄まじい破壊が辺り一帯を蹂躙する中、

「……え？」

「何が、起こった……？」

「……私、生きて、る……？」

いくつもの声が上がり、土煙が晴れるとそこには──背中に幾多の白刃を突き立てられた、血染めのダールの姿があった。

「……なんで、だよ……っ。どうして攻撃をやめた、ダールゥウウウ!?」

グリオラの慟哭が、千年樹林に木霊する。

「せ、先生……っ」

「俺たちを、守って……ッ」

死を覚悟していた生徒たちは、ボロボロと大粒の涙を零した。

「……皆、無事のようで……何よりで、ある……っ」

ダールは口の端から血を垂らし、ニコリと笑ってみせる。

(ダール先生……っ)

魔眼を持つエレンだけが、この中で唯一、ダールの断固たる覚悟を――魔術師としての矜持《きょうじ》をはっきりと見ていた。

彼は絶死の白銀が迫る中、日輪轟来を解除。

自身の最も苦手とする広域防御魔術――『白道の八十五・円環障壁《えんかんしょうへき》』を展開。

その命を賭して、生徒たちを守り抜いたのだ。

「はぁ……そうか、結局お前もそうなのか……。失望したぞ、ダール。お前という男は、最後の最後で本当に……弱い。『真の強さ』というものを、どうしようもなく履き違えている。哀れ、救いようがないほどの半端者だ」

侮蔑と呆れ――グリオラの瞳は、どこまでも冷め切っていた。

「こ、この卑怯者め……！」

「一対一の勝負なら、ダール先生が絶対に勝っていた！」

「弱いのは、お前のほうだ！」

生徒たちの口撃《こうげき》に対し、グリオラは呆れたように肩を竦める。

「ぎゃーぎゃーぎゃーぎゃー、うるせぇ烏合《うごう》だな……。いいか、その節穴をかっぽじってよぅく聴け。てめぇらのような弱者がいるから、ダールはこんな弱《よえ》ぇ男になっちまったんだ。……やっぱりこの世界はおかしい。『正しい秩序』に欠けている……っ。『真の強さ』とはなんなのか、誰もわかっていない……ッ。そうだ、弱者は……間引《まび》かなくてはいけないんだ」

グリオラはそう言うと、懐から紫色の果実を取り出し――貪り喰い始めた。

それと同時、彼の全身に凄まじい魔力が溢れ出す。

大量の魔人細胞を取り込むことで、完全回復を果たしたうえ、さらに強大な力を身に付けたのだ。

そして――。

「――刃道の陸・王銀《おうぎん》」

超巨大な白銀の剣《つるぎ》が一振り、フワリと空中に浮かび上がった。

それは万象を貫く、単体殲滅魔術。

その内部には、街一つ消し去るほどの大魔力が秘められている。

「よく見ておけよ、ダール。これがお前の弱さが生み出した、くだらねぇ結末だ」

「……皆、逃げるので、ある……っ」

そうは言うものの、逃げ場などもう、どこにもない。

「――さらばだ、弱き親友《とも》よ」

グリオラが腕を振ると同時、極大の長剣が解き放たれた。

「……終わっ、た……」

「こんなのどう足掻《あが》いても無理よ……」

ゼノとアリアが――否、この場にいる全員が絶望に暮れる中、

「……すみません、ヘルメスさん。約束、守れませんでした」

特殊なレンズが宙を舞い、紅の瞳が露になる。

「――白道の一・閃」

次の瞬間、漆黒の大閃光は、グリオラの王銀を破壊し、彼の胴体に風穴を穿った。

「……ぁ……?」

困惑は一瞬、

「ぐ、がぁあああああああ……!?」

焼け焦げるような痛みが、彼の胸部を駆け巡る。

「ば、馬鹿……エレン、お前……っ」

「キミ、こんな大衆の面前で……正気なの!?」

ゼノとアリアが混乱する中、エレンはゆっくりと前に踏み出す。

「――ダール先生は弱くない」

その一歩は猛毒となりて、大地を殺し尽くす。

「自分の命を顧《かえり》みず、俺たちを守ってくれたんだ」

その魔力は呪いとなりて、天空を殺し尽くす。

「お前の掲げる『真の強さ』なんか、ダールさんの『本当の強さ』の足元にも及ばない……！」

その瞳は絶対の死となりて、遍《あまね》く一切を殺し尽くす。

千年前、世界中を恐怖のどん底に陥《おとしい》れた『史上最悪の魔眼』が、遥か悠久のときを超えて今再び、その『真の力』を解き放つ。

第十二章 ………… 千年前の王

曇りのない漆黒に緋色の輪廻――史上最悪の魔眼が露になると同時、大きな動揺が広がっていく。

「嘘、あの瞳って……!?」

「……間違いねぇ、史上最悪の魔眼だ……っ」

「あ、あんなもん、歴史書の中でしか見たことねぇぞ……ッ」

何も知らない学生たちは驚愕の色を隠せず、あのダールでさえも「むぅ……っ!?」と固まっていた。

そんな中、グリオラは胴体に空いた風穴を魔人細胞で埋めていきながら、「ほぅ」と興味深そうな吐息を漏らす。

「なるほど、そういうことだったのか……。合点がいったぜ。地中の白銀を発見・抜き足の歩法に反応・隠匿術式を噛ませた土分身を看破、そして極め付きは高速戦闘中における術式破却――確かに、全て可能だろう。その眼は、ありとあらゆる魔術的現象を瞬時に見抜き、最適な解をもたらすと言われているからな」

これまでの疑問を解消した彼は、まるで握手を求めるかのようにして、エレンのほうへスッと右手を伸ばした。

「どうやらお前は、『新たな秩序』を生きるにふさわしい、真の強さを持つ魔術師のようだ。どうだ？　魔人となって――」

「――断る」

まさに即断。

エレンの思う強さとは、ダールが見せた本当の強さであり、優しくて誠実な心の強さだ。

グリオラの思い描く、ただただ強いだけの安っぽい強さではない。

「……そうか、所詮はダールの教え子。『蛙の子は蛙』というわけだ」

グリオラは空虚に笑い、地面を強く蹴り付けた。

「――弱者は死ね」

エレンの背後を取り、白銀の斬撃を振り下ろす。

しかし次の瞬間、彼の姿は虚空に消えた。

「なっ、どこへ⁉」

「――もう、全部視えているぞ」

耳の後ろから、絶望的な声が響く。

「馬鹿な⁉」

グリオラが振り向くと同時、強烈な中段蹴りが襲い掛かる。

「ぐ……っ」

魔人細胞と大量の魔力を左腕に集め、迫り来る蹴撃を完璧に防御。

大きく後ろへ吹き飛ばされながらも、空中でしっかりと姿勢を維持する。

（この馬鹿げた魔力に埒外《らちがい》の膂力、魔眼の副次効果か……っ）

着地と同時に腰を落とし、次の攻撃に備えたところで――とある『異変』に気付いた。

「……なんだ、これは……？」

防御に使った左腕が、ひしゃげていた。

ダールの掌底をモロに食らったときでさえ、こうはならなかった。

そうしてほんの一瞬、エレンから視界を切った直後、

「次元流・壱式――」

彼はもう必殺の間合いに立っていた。

「王閃《おうせん》」

神速の居合斬りが空を断ち、泣き別れたグリオラの左腕が宙を舞う。

「こ、の……クソガキが……ッ！」

すぐさま烈火の如き反撃を繰り出すも――当たらない。

斬撃・白打・蹴撃・摑み・ゼロ距離魔術、その全てが掠りもしない。

まるでこちらの動きが、先読みされているかのようだった。

そしてその直後、

「ぉ、ゴ、がは……ッ」

斬られ、蹴られ、叩き打たれ。

自分が弱者と嘲笑った魔術師に、好き放題にやられた。

「くそ、が……『魔人』を舐めるなぁあああ……！」

魔人細胞より齎《もたら》された大魔力にモノを言わせ、全方位へ強烈な衝撃波を解き放つ。

エレンはそれをバックステップで回避。

「――青道の一・蒼球」

おどろおどろしい球体が、グリオラの周囲を埋め尽くした。

「はっ、今更こんな魔術が通用するか！」

彼は袖口より伸びる白銀を振るい、目障《めざわ》りな球体を斬り付ける。

その直後、飛び散るは赤黒い飛沫《しぶき》。

精神を侵し、肉体を殺し、被呪者を即死させる負の力。

「ぐ、ぉ……ッ」

それをモロに浴びたグリオラは、焼けるような強い痛みに顔を顰《しか》めた。

彼が命を落とさずに済んだのは、偏《ひとえ》に魔人細胞の副次効果――高い呪い耐性を獲得していたからに過ぎない。

(低位のゴミ魔術が、何故ここまで強力な効果を……!?)

史上最悪の魔眼を解放したエレン、今の彼が発動する魔術は、たとえ一番台の初歩的なものであっても、文字通り『必殺の威力』を誇っていた。

「しゃらくせぇ……!」

グリオラは天高く跳び上がり、魔力で編み出した白銀を連続射出。

安全圏から、厄介な水球を一掃《いっそう》する。

そして続けざまに、固有魔術を展開。

「刃道の弐《に》・銀華桜刃《ぎんかおうじん》!」

桜の花びらの如き小さく大量の白銀が、凄まじい速度で放たれた。

発生が遅く隙の多い攻撃では、魔眼を仕留めることはできない。

そう判断した彼は、手数・速度を重視した攻撃魔術に切り替えたのだ。

しかし、

(……視える)

エレンの視界全面に広がるは、安全地帯を示す『青』一色。

レンズに阻害されているときとは、文字通り次元が違う。

魔力の色・筋肉の動き・空気の流れ、三次元空間上に存在するありとあらゆるものが、これ以上ないほど克明《こくめい》に視えた。

その結果――彼は迎撃魔術はおろか黒剣を振るうこともなく、軽やかな足捌きだけで、迫り来る刃の嵐を完璧に回避。

「く、そ……っ。なんなんだ、テメェはよォ……!?」

グリオラは怒声を上げ、さらなる魔術を展開。

「刃道の捌《はち》・銀炎崩斬《ぎんえんほうざん》！」

灼熱の業火を纏った斬撃が、途轍もない速度で空を駆ける。

「――赤道の三・蛍火」

放たれるは小さな黒炎、しかしそれは、全てを焼き焦がす終焉《しゅうえん》の焔《ほむら》。

両者がぶつかり合った結果、蛍火は銀炎崩斬を呑み――その先に立つグリオラにも牙を剥く。

「ぁ、ぐ、がぁあああああああ!?」

彼はみっともなく地面を転がり、体に燃え移った黒炎をなんとか鎮火した。

もしも魔人細胞の驚異的な回復力がなければ、既に三度は死んでいるだろう。

「はぁはぁ……っ。畜生、が……ッ」

「……丈夫だな。まだ再生するのか」

「てめぇ……上から目線で見下してんじゃねぇぞォ！」

グリオラは両腕をバッと開き、自身の胸部に輝く魔人細胞、そこへ深々と親指を突き刺した。

それと同時、彼の魔人化が一気に加速していく。

「く、くくっ、ふははは、ふはははははははは……！」

狂った笑い声と共に、その体は醜く膨れ上がり、紫色をした『異形の者』と化した。

「どうだ、見たか!?　これが力だ！　これぞ魔人だ！　これこそが、新たな秩序を生み出す『神』──新時代の『魔王』の姿だ……！」

醜悪な瘴気と膨大な魔力を吐き散らすグリオラ、もはやそこに人間時代の面影《おもかげ》はない。

身に余る力と歪んだ正義に溺れたそれは、真実『悪魔』と呼ぶにふさわしい存在だろう。

「さぁ、『滅びの力』を見せてやる！　──刃道の終《つい》・万葬天極《ばんそうてんごく》！」

『千』を超え、『万』という白銀の巨刃《きょじん》が、空中に展開された。

固有魔術の終──それは、その属性を極めた術師にのみ許された、究極にして絶対の魔術。

「ま、まさか、これほどの力を……っ」

「おいおい、冗談だろ……」

「……終わ、った……」

ダールは眼を見開き、ゼノは歯を食い縛り、アリアは言葉を失う。

それもそのはず、グリオラの展開した超常の魔術は、文字通り人の域を超えた大魔力を放っていたのだ。

全員が絶望に沈む中、エレンの瞳は微塵も揺るがない。

「──無垢の鐘を鳴らすとき、殲《せん》の夜景が朽《きゅう》を告げる。劫《ごう》なる彼方《かなた》を摑むとき、儚《はかな》き刃が毀《こぼ》れを知る」


朗々《ろうろう》と紡がれていく古式詠唱《こしきえいしょう》。

それは伝説に謳われる禁呪であり、エレンの瞳にのみ刻まれた負の遺産。

「こ、これは……っ」

グリオラの脳裏をよぎったのは、魔人細胞に刻まれた『千年前の記憶』。

かつて全ての魔人を恐怖のどん底に突き落とした、拭《ぬぐ》い去れぬ恐怖。

破滅の魔王という『絶対的な死』。

「は、はは……。そうか、そういうことだったのか……っ」

グリオラはここに来て、全てを理解した。

魔術教会の禁書庫に隠されていた、『最重要機密』。

魔人の国の歴史書にあった、『魔王の死』。

独自に研究してきた、『千年前の戦争』。

今この瞬間、バラバラだった点と点が、一本の線となって繋がった。

「……千年前の王よ。俺は今ここで、貴様を超える……！　新たな秩序を創造し、理想の世界を成すのだ！　刃道の終・万葬天極！」

万の白銀が迫る中、エレンはゆっくりと右手を伸ばした。

彼の魔眼が『史上最悪』と呼ばれる所以《ゆえん》。

それは──かつて世界を滅ぼした、『破滅の魔王の固有魔術』を再現できるのだ。

「──魔道《まどう》の肆・殲劫《せんごう》」

刹那、天を彩るは漆黒、『億』の刃が大空を埋め尽くした。

「「「……ッ」」」

それはまさに神話の光景。

ここにいる全ての魔術師が、静かに息を呑む。

次の瞬間、千年前の破滅の力は、万の白銀を蹂躙し──。

「こ、の……化物がぁあああああああ……ッ」

壮絶な断末魔と共に、魔人グリオラ・ゲーテスは完全消滅。

それと同時に、グランレイ王国の地図から、『千年樹林』が消えたのだった。

第十三章 …………… 地の獄

魔術教会の総本部、その最深部にある地の獄『禁者の間《きんじゃのま》』。

エレンはそこでゆっくりと意識を取り戻していく。

「う、うぅん……っ」

明滅する視界、鉛《なまり》のように重い頭、湿《しめ》った岩の独特なにおい、背中から伝わる固く冷たい感触。

自分は今、仰向けに寝ているのだと理解した。

「……ここは、どこだ……？」

上体を起こした直後、視界一面に飛び込んできたのは——漆黒。

果ての見えない、昏く陰鬱《いんうつ》とした虚無の空間。

（……結界？）

よくよく目を凝らせば、自身を囲うようにして、立方体の封印術式が張られていた。

（いったい何が……？）

不可解極まりない現状に不信感と焦燥感を覚えた彼は、未だボーッとする頭を捻って記憶の川を辿っていく。

（確か……そうだ。大魔聖祭の話があって、みんなで強化合宿に行って、千年樹林で魔獣狩り

をして、それから…………駄目だ、まったく思い出せない）

エレンは小さくため息をつき、キョロキョロと周囲を見回す。

（……よくわからないけど、ここはなんだか嫌な感じがする。どこか別の場所へ移動しよう）

両足に力を込めたところで、ようやく自分の状態に気付いた。

「……なんだ、これ？」

妙な布で両手両足を縛られており、頭から箱のようなものを被せられている。

禁鍵縛視《きんじょうばくし》で両の瞳を封印、聖浄布《せいじょうふ》で四肢を拘束――魔術教会が『特級犯罪者』を拘束する際の手法だ。

「……邪魔だな」

エレンが僅かな不快感を滲ませた次の瞬間――禁鍵縛視はバラバラに崩れ、四肢を縛る聖浄布も普通の布切れのように解《ほど》けてしまった。

（なんだこれ……子どもの悪戯か？）

最上級の封印魔具をいとも容易く破壊し、体の自由を取り戻したエレンが、不思議そうに小首を傾げていると――上層のほうから、男の怒鳴り声が聞こえてきた。

「だーかーらー！　何度も言ってんだろうが！　俺はこの件の関係者だっつの！」

「それは承知しております。ですが、禁者の間へ入るには、特別な許可証が必要でして
……っ」

「うっせぇ、馬鹿野郎！　この胸に燃ゆる『ド根性』が見えねぇのか⁉　これ以上の許可証はねぇだろうが！」

直後、扉を蹴り破る荒々しい音が響き、「おじゃま！」という大きな声が暗闇に轟いた。

「あぁもう、なんて人だ……」

「やめとけやめとけ。あの馬《ば》……あの方は理屈が通じるタイプじゃない。見て見ぬフリしてやり過ごすのが最善《ベスト》なんだよ」

新人と古株《ふるかぶ》の看守が対照的な反応を示す中、ガッガッガッと階段を慌ただしく駆け下りる音が響く。

(……誰か、来る……？)

エレンが警戒しながら、その場で待機していると——見るからに元気溌溂《はつらつ》とした男が現れた。

「——よぅ死刑囚、元気そうで何よりだ！」

「……えっと、あなたは……？」

「俺は魔術教会所属のA級魔術師、『殲滅部隊』三番隊隊長、バン・ライトニング！　世界一根性の入った『漢《おとこ》の中の漢』だ！　よろしくな！」

バンはニカッと微笑みながら、グッと親指を立てるのだった。

番外編

魔術師エレンの学生生活

魔術師エレンの学生生活

とある朝、台所から流れ出すお味噌汁のいいにおいで、エレンは目を覚ました。

「ん、うぅん……っ」

ゆっくりと上体を起こし、寝ぼけまなこをしぱしぱとさせる。

「あー……そっか、アリアがいるのか」

先日の一件を思い出しつつ、ひとまずリビングへ移動。

するとそこには──朝ごはんを作る、アリアの姿があった。

白いエプロンを纏った彼女は、上機嫌に鼻歌を奏でながら、慣れた手つきで青ネギを小口切《こぐちぎ》りにしている。

「ふわぁ……おはよう、アリア……」

「おはよう、エレン。……まだ眠そうね？　もしかして低血圧？」

「いや、寝覚めはいいほうだと思うんだけど……。ここ最近よく魔眼を使っているから、ちょっと疲れが溜まっていたのかも」

「……ちょっと疲れが、ね……（一度でも史上最悪の魔眼を使ったら、普通は精神が破壊されるはずなんだけど……。このあたりは、一度きちんと調べる必要がありそうね）」

突然黙り込んだアリアに対し、エレンは心配そうに問い掛ける。

「アリア、どうかしたか？」

「……うぅん、なんでもない。それより、もうすぐ出来上がるから、顔でも洗って待っていてちょうだい」

「わかった。……ところで、何か俺に手伝えることはないかな？」

「気にしないで。一人分も二人分もそう変わらないし、第一、食材は全部エレン持ちだしね」

「うーん、そうか……。それじゃせめて後片付けぐらいはやらせてもらうよ」

「ほんと？　ありがと、助かるわ」

それからエレンは洗面所に移動し、顔を水でパシャパシャと洗い、歯磨きをササッと済ませる。

そうして朝支度を整えた彼は、リビングに戻って食卓に着く。

（……それにしても、よく似合っているなぁ）

絹糸のような真白《ましろ》の髪、新雪の如く白い肌、純白のエプロン――アリアには本当によく白色が似合っていた。

「……どうしたの？」

視線に気付いたアリアが、エレンのほうを振り返る。

「あー……いや、なんでもない」

『アリアには白がよく似合うな』――そんな浮いたことを言えるほど、エレンの『対女性スキル』は高くない。

そのため彼は、言葉を濁して誤魔化すことにした。

すると、その反応をどのように捉えたのか、アリアは真剣な表情を浮かべる。

「そう言えば……エレンは『色白・白髪の生娘』が好きなのよね？　もしかして、私の白いエプロン姿を見て、変な妄想をしていたとか……？」

「だ、だからあれは違うってば！　あのちょっとエッチな雑誌は、実家のお姉ちゃんが入れたんだよ！」

いきなり投下された爆弾に対し、エレンが泡を吹いていると、

「ふふっ、まぁそういうことにしておいてあげる」

アリアは悪戯っ子みたく、無邪気に微笑んだ。

それから少しして、朝ごはんが出来上がった。

食卓に並ぶのは、艶のある白飯・芳ばしい香りの焼き魚・湯気の立ち昇るお味噌汁。

朝食としては、申し分のないものだ。

「「――いただきます」」

両手を合わせて食前の挨拶。

エレンはひとまず、お味噌汁をいただくことにした。

「……あぁ」

青ネギの香味と味噌の風味がスッと鼻を抜け、全身に温かい気が巡っていくのがわかる。

「おいしい？」

「うん、絶品だ。アリアは本当に料理が得意だな」

「ふふっ、大袈裟ね」

彼女は嬉しそうに微笑み、焼き魚を「はむっ」と口にした。

「でさ、さっきの話に戻るんだけど……エレンって本当にお姉ちゃんがいるの？」

「んー……まぁ、そんな感じかな？」

「『そんな感じ』ってどういうこと……？」

「うち、家庭環境がちょっと特殊でさ。そのあたりはいろいろと複雑なんだよ」

「あっ……ごめんなさい。踏み込み過ぎた」

アリアはバツの悪そうな表情を浮かべ、申し訳なさそうに頭を下げた。

『魔眼使い』が世界からどういう扱いを受けているのか、それをハッと思い出したのだろう。

「いや、気にしないでくれ。それより、昨日の授業で出された宿題なんだけどさ――」

食卓の空気が重たくなってしまう前に、エレンはすぐさま別の話題を振り、楽しい朝食を続けるのだった。

食事をとり終えた後は、互いに準備を済ませ、第三王立学園の本校舎へ向かう。

「今日も天気がいいな」

「うん、お日様が気持ちいいわ」

他愛もない話を交えつつ、一年A組の教室に到着。

横開きの扉をガラガラと開ければ、

「おぅ、エレン」

「おはよーっす」

「アリアさん、おはよー！」

クラスメイトたちから、朝の挨拶が飛んできた。

「みんな、おはよう」

「おはよう」

その後、ホームルーム・午前の授業をこなし、昼休憩に突入。

食事中にはもちろん、魔術談議に花が咲く。

「ねぇエレンくん、私が今手掛けている緑道魔術の論文なんだけど……なんかパンチが足りてないのよね。また今度時間があるときでいいから、ちょっと読んでみてくれない？」

「うん、いいよ。それじゃ今日の放課後、読ませてもらおうかな」

「なぁエレン……悪いんだが、ちょいとアドバイスをもらえねぇか？　実は俺、昔から魔術の形態変化が超苦手でさ……ずっと困ってんだよ」

「あぁ、もちろんいいぞ」

「エレンくんエレンくん！　実は私、趣味で新魔術の開発をしていましてね！　特に最近は青道魔術に凝っていて、明日のお昼休みに実演会を開く予定なんです！　中庭でやっているので、ぜひぜひ見に来てください！」

「そ、そうか、楽しみにしているよ（なんか、シャルと気が合いそうだなぁ……）」

当然ながら、エレンは魔眼のことを秘密にしている。

それにもかかわらず、彼のもとにクラスメイトが集まるのは、『エレンは天才的な発想力と独創的な魔術観の持ち主』――周囲がそう認識しているからだ。

そして、魔術談議が盛り上がるのは、何もエレンの側《そば》だけではない。

自由で開かれた学びに触発されて、教室の各所でも話が盛り上がる。

「よー、この白道の魔術式って、なんで成立しないんだっけ？」

「んー、どれどれ……。あーこりゃあれだ、三節と八節で魔力の総和が一致してないからだな」

「ねぇ……黄道の高速移動って、ぶっちゃけ酔わない？」

「あっ、わかる～。うちは対策として、黄道の授業前には酔い止め飲んでんよ～」

「何回読んでも、この『赤道の純粋基礎理論学』がわかんねぇんだよなぁ……」

「どれどれ、赤道のことなら、この私に任せなさーい！」

それぞれが知恵や工夫を出し合い、各々の魔術を深め合っている中――突如として、教室の扉が荒々しく開かれ、B組の男子三人が入ってきた。

「──おいおい、なんだこりゃ？　魔術の叡智を惜しげもなく披露しやがって……情けねぇ」

「わいわいがやがやと楽しそうに……いつからここは、温《ぬり》ぃお遊びの場になったんだ？」

「『魔術の秘匿は術師の基本』、特進クラス様はそんな大原則も忘れちまったのか？」

多種多様な魔術を操る、ザック・レノー。

家伝の魔剣を振るう、シャーター・トラッシュハルト。

抜群の身体能力を誇る、ウルブス・トレバス。

彼ら三人は中等部時代に傷害事件を起こした結果、『実力は確かだが、素行に問題あり』と判断され、特進クラスのA組ではなく、普通科のB組に振り分けられた。

すなわち、その実力は紛れもなくA組《特進》レベルというわけだ。

降って湧いた暴言に対し、A組の中でも特に血の気の多い生徒たちが食いつく。

「──はっ。どこのどなたかと思えば、B組の問題児様たちじゃありませんか」

「ったく、揃いも揃って不細工なツラしやがって……どこのアンハッピーセットだ、お前らは？」

「どんな話をしようが、あたしらの勝手でしょ？　そうやってやたらめったら喧嘩を吹っ掛けるから、魔術教会に逮捕《バク》られんのよ」

まさに一触即発、次の瞬間には魔術が飛び交わんばかりの険呑《けんのん》とした空気が流れる中、

「……えっと……？」

一人困惑するエレンへ、アリアがそっと耳打ちする。

「王立の魔術学園はどこも、特進科と普通科の仲がすこぶる悪いのよ。特に今みたく、入学して間もない頃はね」

「そうなのか……」

無益な争いを好まない性質のエレンが、複雑な表情を浮かべていると、

「ったく、しょうがねー奴等だな……」

ゼノが面倒くさそうに後頭部を掻き、左手をスッとB組の三人へ伸ばした。

「黒道の四十八――」

彼が魔術を発動する直前、エレンが慌てて「待った」を掛ける。

「ちょ、ちょっと待てゼノ！　何をするつもりなんだ!?」

「何って……あいつらをぶち殺すんだよ」

「ぶち殺しちゃ駄目だろ!?　というか、不意打ちで四十番台の魔術なんか食らったら、あの人たち本当に死んじゃうぞ!?」

「馬鹿、心配し過ぎだ。あいつらだって第三《うち》に受かるぐらいには、魔術を修めているんだ。死にゃしねーよ……たぶん」

「たぶんって……」

ゼノの適当っぷりに、エレンはがっくりと肩を落とす。

（『不言実行』というかなんというか……珍しく大人しいと思ったらこれだ。口よりも先に手が出る、一番厄介なタイプだな、ゼノは……）

そうこうしている間にも、事態は悪化の一途を辿り――両者の罵倒合戦がヒートアップし切ったそのとき、B組三人衆のリーダー格ザック・レノーが大声を張り上げる。

「――こんな雑魚どもと話していても埒《らち》が明かねぇ！　A組のリーダーはどいつだ？　あぁ!?」

彼が凄むと同時、クラス中の視線がエレン・ゼノ・アリアの三人に集まり――ゼノとアリアが、エレンのほうを向いた。

この結果を受け、A組のリーダーがエレンであると判断したB組の三人。彼らは鋭い視線をエレン一人に集中させる。

「おやおやぁ……？　そのいまいち覇気のねぇ顔は、今年度の首席合格者様じゃねぇか」

「ど、どうも……初めまして……」

エレンはひとまずペコリとお辞儀をする。

その腰の低い態度に気をよくした三人は、さらに態度を増長させる。

「どこの田舎から上がって来たのか知らねぇけどよぉ……」

「魔術の秘匿は術師の基本、それぐらいわかるだろう？」

「お前のようなぼんくらにゃ、そんな最低限の教養もねぇってか？」

「その『魔術の秘匿は～』って台詞、たまに聞くんですけど……」

「おぅ、魔術師における基本中の基本――」

「――みんなで教え合ったほうが楽しくないですか？」

「「「楽し……は⁉」」」

三人は虚を衝かれた。

それもそのはず、『魔術を楽しむ』――そんな発想は通常あり得ない。

魔術師の社会は、酷く閉鎖的だ。

それを端的に表した言葉が、『魔術の秘匿は術師の基本』という大原則である。

只々孤独に己が魔術の深淵を覗く。これこそが魔術師のあるべき形だ、と説《と》く書物も多い。

暗く狭く息苦しい、そんな視座《しざ》にあっては、決して辿り着かぬ境地――それこそがエレンの持つ、『魔術を楽しむ』という純粋無垢な立場だ。

「はっ、なんだてめぇ……頭おかしいんじゃねぇの？」

「魔術を楽しむって馬鹿か？　ガキじゃあるまいし……」

「そういう生意気は、Ａ級魔術師になってから言いやがれ！」

ザック・シャーター・ウルブスの三人が、侮蔑の言葉を述べると同時、

「――おぃ黙って聞いてりゃてめぇ、俺の友達《ダチ》になんか文句あんのか？」

「あまり調子に乗っていると、痛い目を見ることになるよ？」

見るからに不機嫌そうなゼノと明確な怒気を放つアリアが、エレンの両隣に立ち並ぶ。

「はっ、てめぇら雑魚助《ざこすけ》には興味ねぇんだよ」

ザックは二人を鼻で笑い飛ばし、A組のリーダーとされるエレンに目を向ける。

「――エレン、てめぇに決闘を申し込む」

その瞬間、A組全体に大きな衝撃が走った。

「えっ、あのエレンと決闘……？」

「こいつら、マジで言ってんのか？」

「やっぱり頭、悪い……？」

クラスメイトが困惑を隠せずにいる中、

「……おい、エレンは六十番台を軽く捻る大魔力の持ち主だぞ？」

「こう見えて彼、鬼のように強いわよ？」

ゼノとアリアが善意１００％の忠告を発するも、三人はまったく聞く耳を持たない。

「はっ、適当ほざくな！」

「六十番台を軽く捻るだぁ？　そんな嘘っぱちが通用するか！」

「おいおい、A組はいつの間に『法螺《ほら》吹き集団』になったんだ？」

ザック・シャーター・ウルブスの三人は、依然として強気の姿勢を崩さない。

しかし……。

「そういやこの前も、ケインズ先生が病院送りにされてたっけか？」

「ケインズ先生、完全に自信を喪失しちゃって、まだ教職に復帰できてないらしいよ……」

「確か入学試験のときには、『鉄壁のダール』の守りをぶち抜いたとか？」

「あーそれ、うちも聞いたことある！　どうやったんだろうね？　後で聞いてみよっと」

次々に語られるエレンの武勇伝、当然ながら、A組の面々の言葉に嘘の色はない。

「……お、おい……エレンってそんなにヤバイ奴なのか？」

「あのプライドの高いA組の連中が、ここまで言っているんだから、もしかして本当なのかも
……っ」

臆病風に吹かれるシャーターとウルブスに対し、ザックは檄《げき》を飛ばす。

「ばぁか、そんなわけねぇだろ。仮に今の話が全部本当だとしたら、エレンはA級クラスの実力を持つ、凄腕の魔術師ってことになる。だが実際は……どうだ？」

「……どこからどう見ても、覇気の欠片もない。しかも、超弱そうな顔だ」

「危ねぇ危ねぇ、騙されるとこだったぜ！」

自信を取り戻した二人は、再び不敵な笑みを浮かべる。

「まぁ確かに、エレンは覇気がねぇし、糞弱そうだからな……」

「悔しいけど、この点については否定できないわね……」

「……ゼノ、アリア、全部聞こえているからね？」

味方から背中を刺されたエレンは、心に深い傷を負う。

「まぁとにかく――ここでぐだぐだ話していても仕方ないし、パパッと白黒つけたほうがよさそうね。私が審判をやってあげるから、中庭へ行きましょう！」

アリアがパンと手を打ち鳴らし、エレンVSザック・シャーター・ウルブスの決闘が決定、A組の面々とB組の三人は中庭へ移動した。

「さて、と……それじゃ簡単にルール説明をするわね。一方が気絶するか、戦意を喪失した時点で決着。致死性の攻撃はもちろん、六十番台以降の魔術は使用禁止。ざっとこんなところかしらね？」

アリアがそう言って、素早くルールを取り纏めた。

初戦はエレンVSザックによる、極めてシンプルな魔術合戦だ。

「二人とも、準備はいい？　では――はじめっ！」

合図と同時、

「――青道の三十八・朧鏡《おぼろかがみ》」

ザックが魔術を行使し、自身の形を模した、五体の水分身が出現する。

「あいつ……三十番台後半を無詠唱で使えんのか」

「ふーん、口だけじゃないみたいだな」

A組の生徒が評価を改める中、

「水の分身か、面白い魔術だなぁ」

初めて見る魔術にエレンはキラキラと目を輝かせ、それと同時にちょっと面白いことを思い付いた。

「それじゃこっちも――緑道の二・傀儡根」

低位の緑道魔術が発動、木の根で編まれた五体の木人形が生み出される。

それと同時、B組から嘲笑が巻き起こった。

「ぷっ、あっはっはっはっ！　なんだそのしょぼい魔術は！　まさか、それが全力だって言うのか？」

「裏口入学の噂に偽りなしだな！　格好悪ぃ！」

「おいおい、他のA組にもいるんじゃねぇのか？　汚い手で入学した、薄汚いドブネズミがよぉ!?」

B組の意見は、多分に偏見を含んでいたが、一部正しいところもある。

ザックが作り出した水分身とエレンの作り出した木人形。

両者の出来栄えは一目瞭然だった。

ザックの水分身の精度は非常に高く、術師の写し鏡と評せるほどの代物。

その一方、エレンの木人形は、ただただ木の根を寄せ集めただけ、不格好極まりない仕上がり具合だ。

Ｂ組が罵倒の嵐を浴びせかける中、Ａ組の面々は好奇の視線を向けていた。

「なぁおい、あそこからどうなると思う？」

「エレンのことだから、まず間違いなく、とんでもねぇ変化を加えてくるだろうな」

「くっそ、まるで見当がつかねぇな……！」

Ａ組とＢ組の空気感は、まるで異なるものだった。

片や嘲笑。

片や期待。

エレンという魔術師の特異性を知る者と知らざる者、両者の違いはただそれだけだ。

「さぁ行くぞ！」

エレンの指示に従い、五体の木人形が、ザック目掛けて駆け出す。

しかし――。

「はっ、なんだそのノロマな動きは！」

二番の傀儡根と三十八番の朧鏡――両者のスペックには、歴然たる差があった。

エレンの木人形は斬られ、殴られ、蹴飛ばされ……ものの数秒もせぬ間に壊滅。

その一方、ザックの水分身は未だ健在、傷の一つさえ見当たらない。

「はぁ……こんな雑魚、本気を出すまでもねぇな」

ザックが勝利を確信した次の瞬間、彼の足元から淡い光が放たれる。

「な、なんだ……!?」

いつの間にかそこには、魔術式がびっしりと記されてあった。

(どうしてこんなところに術式が!? もしかして、エレンの奴が事前に仕込んで……いや、違う……これは……ッ)

魔術式を構成していたのは――木の根。

エレンの作り出した木人形は、ザックの水分身に敗れ、朽ちた木の根の集合体と化した。

しかしここからがエレンの狙い。

自身の魔力が木の根に残っているうちに、それらを同時に形態変化させ、魔術式となるように再配置したのだ。

(大量の木の根をそれぞれ異なる形に変化させただと!? あの野郎、なんて魔術技能をしていやがるんだ……ッ)

相手に気付かれることなく仕込みを済ませたエレンは、術式に魔力を通していく。

「――赤道の三・蛍火」

次の瞬間、とても蛍火とは思えない、巨大な火柱が立ち昇った。

「す、すっげぇ……」

「火力、ヤバくね?」

「これ、本当に蛍火……だよな?」

Ａ組の面々はそう言って、口を開けたまま目を丸くする。

魔術の起点となる場所に術式を刻み、そこに自身の魔力を通す――古代魔術とも呼ばれることの手法は、魔術本来の威力を最大限に引き出すことができる。

しかしその一方、発動速度に大きな問題があり、実戦ではまず以って使われない。

そのため近代魔術の発展は、いかに古代《オリジナル》の威力を維持しつつ、発動速度を速めるかという点に主眼が置かれていた。

今回エレンが行ったのは、古代と近代の融合。

速度に優れる近代魔術によって下準備を済ませ、火力に優れる古代魔術によって敵を屠る。

これ以上ないほど合理的かつ斬新な手法だ。

それから少しして、極大の火柱が立ち消えると同時、

「……か、は……っ」

全身煤塗《すすまみ》れとなったザックが、ゆっくりとその場に倒れ伏す。

赤道の三・蛍火が全身を包み込む直前、彼は体中からありったけの魔力を放出し、緊急の防御壁としたのだが……。

古代方式の魔術を完璧に防ぐことはかなわず、凄まじいダメージを負ってしまった。

「――ザック・レノー、戦闘不能。よって勝者エレン！」

アリアが勝敗を宣言し、Ａ組に歓喜の渦が巻き起こる。

「さすがエレン、傀儡根は術式を組むための仕込みだったってわけか！」

「いやしかし、木の根を形態変化させて、魔術式を描くとはなぁ……」

「相変わらず、おもしれー使い方をするなぁ！」

Ａ組の面々が感心しきる中、シャーターとウルブスは抗議の声を上げる。

「こ、この卑怯者！　正々堂々と戦いやがれ！」

「隠れてこそこそと術式を仕込むなんて……そんなのお前、騙し討ちと一緒じゃねぇか！」

感情に任せたその意見は、ブーメランとなって返って来る。

「おいおい、何を寝ぼけたことを言ってんだ？」

「魔術の秘匿は術師の基本、じゃなかったっけぇ？」

「そもそもの話、ネタを隠すなんざ当たり前のことだろ？　隠匿術式なんてもんがあるぐらいだしな」

反論の余地もない正確なカウンターを受けたＢ組の二人は、顔を赤くしながら口を尖らせる。

「う、うるさい……！　つまらねぇ屁理屈を言いやがって……っ」

「次だ！　次！」

その後、気絶したザックを保健室に運び、次の勝負――エレンＶＳシャーターによる剣術合戦が執り行われる。

「基本的なルールはさっきと同じでいくわ。それじゃまずは、お互いに得物を用意してちょうだい」

アリアの指示に従い、シャーターが右手を虚空に伸ばす。

「青雲《せいうん》に閉ざせ――イズガミ！」

次の瞬間、何もない空間にヒビが入り、そこから刃紋《はもん》の美しい長剣が出現した。

『武装展開』――簡単な省略詠唱＋銘《めい》を呼ぶことで、いつでもどこでも武装の出し入れを可能にする、魔剣使いの基本かつ必須技能だ。

「水龍剣イズガミ。曾祖父より受け継ぎし、由緒正しき魔剣だ」

彼が長剣を振るえば、水龍の嘶《いなな》きが如く清音《せいおん》が周囲に木霊する。

（おー……確かに、いい色をしているなぁ）

エレンの魔眼は、魔力を色で見分ける。

シャーターの魔剣は、清廉な空色を放っていた。

（さて、どうしようかな……）

エレンは魔剣士ではないため、剣を持ち歩いてはいない。

（……こんなところで梟を使うのは、ちょっとあれだしなぁ）

梟は最上級の呪刀、魔術全盛の時代に打たれた呪いの一振り。

非常に強力な刀なのだが……展開するや否や止め処なく溢れ出す呪いにより、周辺環境を真《ま》黒《くろ》に穢《けが》すという欠点を持つ。

「とりあえず……これでいくか」

エレンは右手を宙に伸ばし、魔術を発動。

「――白道の八・閃烈光」

聖なる光を変化させ、一振りの刀に落とし込む。

アリアとの戦闘でも使用した、急ごしらえの光剣《こうけん》だ。

「てめぇ……っ。そんな模擬刀以下の鈍らで、俺の魔剣とやり合おうってのか……ッ」

「すみません、持ち合わせがないものでして……」

平謝りするエレン。

その控えめな態度が、シャーターの気持ちを逆撫でする。

「……わかった。てめぇが俺を舐め腐っていることが、よぅく伝わってきた。……いいぜ、そんなに死にてぇのなら、今すぐぶち殺してやるよ！」

「え、えー……っ」

危険な空気が張り詰める中、

「ふふっ、いい感じに盛り上がっているわね。それじゃ――はじめ！」

アリアが号令を発し、エレンとシャーターは正眼の構えを取る。

「「……」」

互いの視線が交錯し――シャーターの額から一筋の汗が零れた。

（……す、隙がねぇ……っ）

どこに打ち込もうとも、致命の一撃《カウンター》をもらってしまう。そう確信できるほど、エレンの構えには隙がなかった。

「おいシャーター、何をちんたらやってんだ！　さっさとあの野郎をぶちのめせ！」

「うるせぇ、黙って見てろ！」

痺れを切らしたウルブスに対し、シャーターは怒鳴り声を上げる。

（くそ、やれるもんなら、とっくの昔にやってるってんだ……ッ）

苛立ちと焦燥感を募らせるが、解決策となるものは見つからない。

「あの……来ないのなら、こっちから行きますよ？」

「ちっ、さっさと来やがれ……！」

首肯《しゅこう》の直後、エレンの姿は霞に消えた。

「な、にぃ……!?」

驚愕と同時、目の前に現れたのは、高々と振りかぶられた光剣。

「こ、の……ズェイ！」

シャーターは反射的に刀を振り下ろすが、それは虚しくも空を切る。

軽やかなサイドステップで斬り下ろしを回避したエレンは、

「よっと」

魔剣イズガミの峰《みね》を踏み付けにし、シャーターの首筋に光剣をピタリと添える。

「……ま、参った……っ」

純然たる格の違い。それをまざまざと見せつけられたシャーターは、静かに膝を折った。

「――勝者エレン！」

アリアの宣言と同時、Ａ組の面々が湧き上がる。

「はっ、口ほどにもねぇ奴等だな！」

「これで二戦二勝、もうどうやってもお前らの負けだぜ？」

「格好がつかねぇなぁ、おい！」

挑発的な言葉が飛ぶ中、Ｂ組三人衆の最後の一人ウルブス・トレバスが、最後の勝負となる演目を口にする。

「――腕相撲だ」

「……え？」

「聞こえなかったのか？　最後はこの俺と腕相撲で勝負だ……！」

予想外の提案に中庭がシンと静まり返る。

腕相撲――それはもはや魔術となんら関係のない、単純な力勝負の世界だ。

（いろいろツッコミどころはあるけど……。あの馬鹿力《エレン》と腕相撲？　この人、自殺志願者なのかしら？）

審判を務めるアリアは、単純にウルブスの身を案じていた。

その後、教室から机を持ち出し、準備完了。

エレンとウルブスは右手を組み、静かにアリアの合図を待つ。

「それでは――よーい、はじめ！」

号令と同時、右腕に全力が注ぎ込まれる。

「ふん……っ」

「うらぁ……！」

その結果は――互角。

両者の力は、完全に拮抗していた。

「ん、んん……っ」

「ふんぎぎぎぃ……ッ（おいおい、嘘だろ……。エレンの野郎、『素の力』でこれなのか⁉）」

白熱した勝負の最中、エレンはちょっとした違和感を覚える。

ウルブスの腕からは、単純な筋力を越えた、毛色の違う力を感じるのだ。

（うーん、やっぱり何かおかしいぞ……）

不審に思ったエレンが周囲に目を向けると――ウルブスの頭上に奇妙な黒いモヤを見つけた。

「んー……？」

よくよく目を凝らすとそれは、術者《ウルブス》に筋力強化の効果を付与する魔術式。それも、他の人にバレないように隠匿術式まで組み込まれている。

(なるほど、そういうことか)

相手のネタを理解したエレンは、空いた左手を伸ばし、人差し指で空を指す。

「──白道の一・閃」

貫通性の光線が煌めき、頭上に浮かぶ術式の核を正確に打ち抜いた。

筋力強化という『上げ底』を失ったウルブスが、獣人《ティッタ》さえ凌ぐエレンの腕力に耐えられる道理もなく……。

彼の右腕は思い切り机に叩きつけられ、凄まじい轟音が中庭に響きわたる。

「──勝者エレン！」

アリアが勝敗を宣言すると同時、

「ぁ、ぐ、がぁああああ……!?」

ウルブスの苦悶の声が、学園全体に木霊した。

「す、すみません、大丈夫ですか!?」

「痛ぇ痛ぇよ……畜生……っ。腕が、俺の、右腕が……ッ」

エレンの化物染みた腕力に押し切られた結果、ウルブスの肩は脱臼《だっきゅう》してしまっていた。

あまりの激痛に地面を転げ回るウルブス。

そんな彼のもとへ、呆れた表情のゼノが歩み寄る。

「ったく、男の癖にみっともなく喚《わめ》きやがって……」

ゼノは乱雑にウルブスの右腕を掴むと、そのまま勢いよく肩の方向へ押し込んだ。

「い!?」

完璧な角度と力加減により、ウルブスの外れていた関節は、元の場所にぴったりとハマる。

「おら、これで治っただろうが」

「あ、あぁ……っ」

とにもかくにも——こうして突如発生したエレンVSザック・シャーター・ウルブスの決闘は、三戦三勝でエレンの勝利に終わった。

「ったく……結局こいつら、何がしたかったんだ?」

「勝手に怒鳴り込んできて、エレンに三連敗……。井の中の蛙《かわず》っちまったのかねぇ」

「にしても最後のは酷過ぎだな。腕相撲で勝負なんて言い出したかと思えば、筋力強化の術式でインチキしていやがった」

鋭い言葉の刃を受けたシャーターとウルブスは、顔を真っ赤にして小刻みに震え出す。

「ち、畜生……っ。エレンてめぇ、覚えていやがれ……ッ」

「この野郎エレン……次会ったら、絶対にただじゃおかねぇからな……!」

二人はエレンへの恨み言を残し、どこかへ走り去っていった。

「い、いや、俺は何も言ってないぞ!?」

そんな彼の呟きは、青空に呑まれて消えていく。

（はぁ……。あの三人がまた面倒なことをしてこなきゃいいけどなぁ……）

大きなため息をつくエレンのもとへ、クラスメイトがワラワラと集まってくる。

「いやしっかし、やっぱお前は凄ぇな、エレン！」

「あいつらの悔しそうな顔といったらもぅ……すかっとしたぜ！」

「最後の隠匿術式、あれよく見破ったな！　俺なんか全然気付かなかったぜ！」

そうしてクラスメイトに揉みくちゃにされたエレンは、残り少ない昼休みの間、みんなと一緒に大好きな魔術について語り合って過ごすのだった。

あとがき

はじめまして、月島秀一と申します。

このたびは『薄幸少年の幸せな魔術革命』の第一巻をお手に取っていただき、ありがとうございます！

早速ですが、以下、本編のネタバレを含みますので、『あとがきから読む派』の方はご注意いただければと思います。

さて第一巻は、エレンが魔術師としての道を歩み始めるという、文字通りのプロローグでした。

ヘルメス・リン・ティッタ・シャルという本当の家族ができ、アリアやゼノという友人に恵まれ、幸せに暮らしていたところ……不運にも謎の仮面と遭遇し、死闘を繰り広げることになったエレン。史上最悪の魔眼を展開することで、圧倒的な勝利を手にしましたが……目を覚ますとそこは地《ち》の獄《ごく》。

第一巻では物置小屋スタートだったのが、第二巻では獄中での始まりを迎える……なんだか状況が悪化しているような……？　とことん幸《さち》の薄い少年ですね。

そろそろ残りページの余裕がなくなってきたので、第二巻の予告をウルトラショートでお届けします！　『エレンの魔眼がヤバイ』……です！　尺の都合で詳述できませんが、怒濤の展開が目白押しですので、どうかお楽しみに！

また帯カバーにもありました通り、本作は『コミカライズ企画進行中』となっております！縦横無尽に動くエレンを、アリアを、ゼノを、お待ちくださいませ！

告知も終わったところで、謝辞に移らせていただきます。

素晴らしいキャラクターデザイン・イラストを描いてくださっただぶ竜様、本作の制作に尽力いただいた編集様、誤字脱字の修正をしてくださった校正様、その他『薄幸少年の魔術革命』にお力添えをいただいた関係者様――本当にありがとうございます。

そしてそして、本作を手に取っていただいた読者の皆々様、本当に本当にありがとうございます！

それではまた第二巻でお会いできることを祈りつつ、今日はこのあたりで筆を置かせていただければと思います。

二〇二三年三月吉日　月島秀一

PB Fiore
「俺は、なにがあってもお前を守る。
……お前に買われた日から、
それが俺の生きる意味だ」
元令嬢の錬金術師（美少女←自称）&
敵国の元将軍（超絶美形）&
美しき飛竜（ジュリアスの愛息子）
が紡ぐ
ツンデレLOVE×冒険ファンタジー
新章突入！
［捨てられ令嬢は錬金術師になりました。
稼いだお金で元敵国の将を購入します。］
［著］東原ミヤコ　［イラスト］椎名咲月
1〜2
URL https://pash-up.jp/
Twitter @pash__up
PASH!ブックス公式サイト
URL https://pashbooks.jp/
Twitter @pashbooks

PB Fiore
「本当に可愛いなぁ…俺のルビナ」
ヘタレでド天然な
大型犬系騎士様が、
ついに狼に
姿を変える!?
私の主人は大きな犬系騎士様
婚約者は妹と結婚するそうなので
私は魔導騎士様のお世話係になります!
[著] 結生まひろ [イラスト] 眠介
①〜②
マンガもラノベも
アニメ誌も!
PASH UP!

この本を読んでのご意見・ご感想・ファンレターをお待ちしております。
〈宛先〉　〒104-8357　東京都中央区京橋 3-5-7
（株）主婦と生活社　PASH！ブックス編集部
「月島秀一先生」係
※本書は「小説家になろう」（https://syosetu.com）に掲載されていたものを、改稿のうえ書籍化したものです。
※この作品はフィクションであり、実在の人物・団体・法律・事件などとは一切関係ありません。

PASH! ブックス

薄幸少年の幸せな魔術革命

2023年4月17日　1刷発行

著　者　月島秀一
イラスト　だぶ竜
編集人　山口純平
発行人　倉次辰男
発行所　株式会社主婦と生活社
〒104-8357　東京都中央区京橋 3-5-7
03-3563-5315（編集）
03-3563-5121（販売）
03-3563-5125（生産）
ホームページ　https://www.shufu.co.jp
製版所　株式会社二葉企画
印刷所　大日本印刷株式会社
製本所　共同製本株式会社
デザイン　伸童舎
編集　星友加里

　ISBN978-4-391-15916-5